CONSPIRACIÓN
La hora del narcoterrorismo

Víctor Ronquillo

CONSPIRACIÓN
La hora del narcoterrorismo

EDICIONES B
GRUPO ZETA

México D.F.•Barcelona•Bogotá•Buenos Aires•Caracas•Madrid•Montevideo•Quito•Santiago de Chile

Conspiración, la hora del narcoterrorismo

Primera edición, enero de 2011
Primera reimpresión, febrero de 2011

D.R. © 2011, Víctor Ronquillo
D.R. © 2011, Ediciones B México, S. A. de C. V.
    Bradley 52, col. Anzures, DF-11590, México
    www.edicionesb.com.mx

ISBN: 978-607-480-126-2

Para Chelyn...
Para los amigos que se adelentaron en el camino.

PRIMERA PARTE

DESPIERTO SOLO. El ruido del motor de un auto, los claxonazos… la versión de la sinfonía del absurdo de cada día. Estiro el brazo derecho en busca del cuerpo ausente de una mujer, cualquiera, al final todos se marchan. Aunque el despertar de ayer fue distinto. Enlazado a ella, nuestras piernas hechas nudo, sudorosos, dispuestos a un nuevo encuentro sexual, para festejar el último de nuestros tres días de playa en Puerto Vallarta, a donde nos fuimos con ganas de no volver.

Estoy solo y ella lejos. No quiero abrir los ojos, no quiero toparme con el desorden de mi cuarto, esta habitación de un muchacho viejo, demasiado viejo, con ese graffiti en rojo de tres palabras fundidas en una sola, encimadas y confusas: libertad, rebeldía, amor… un viejo jipi nacido en los sesenta expresa la orfandad de sus sueños. El cursi graffiti está pintado, con pintura roja y negra. Hubiera querido una flor, pero mi talento como pintor da para muy poco.

Hay por ahí, en la pared de enfrente, una singular galería. Por una temporada me di a la tarea de recortar ojos de escritores, miradas aparecidas en las revistas, los diarios o en las contraportadas de libros. La más preciada de las piezas de esta galería es la de la mirada del ciego

Borges. Es la mirada del hombre que inventó el Aleph, ese punto donde concurre todo lo que se puede mirar (y pasa) en el universo.

Por lo demás esta habitación es tan simple como la de cualquier veterano de la soltería. Nada interesante. Por ahí está arrumbada la maleta del último viaje que me aguarda con un montón de ropa sucia y recuerdos de un amor clandestino. Estoy seguro que el aroma de Ana permanece con toda la fuerza de su perfume caro, el ocre aroma del sudor y el olor de su sexo. Ana, el cuerpo justo a la medida de las caricias y los besos nuevos.

Ana no está. Estoy solo. Extiendo la palma de la mano sobre la sábana. Ana despierta junto a su esposo, a quien no puede dejar. El melodrama que faltaba en mi colección de amores truncos. Ana y ese esposo suyo a quien la vida cobró la inusitada cuenta de una prematura decrepitud. Ana y su dependencia del enfermo, el reclamo de sus culpas, justo cuando llega el final de cualquiera de nuestros encuentros, en la cama, en la mesa, al andar juntos por la calle, al salir del cine. Ana se va, siempre se va.

Pero basta de autocompasión, hay que abrir los ojos, levantarse, fingir que las cosas marchan bien. ¿A quién le importan los estropicios causados en mi vida por esta manía de soledad? Más allá del estruendo de los motores, de los infames claxonazos, del escándalo de la urbe, se escucha el canto de un pájaro de la calle, de esos color gris asfalto, los últimos de la especie, resistiéndose a morir pese a la falta de alimento, la polución y las acechanzas de ese absurdo caos.

Pero hay que levantarse. Este veterano boxeador hace un inventario de los daños causados por los golpes recibidos mientras lleva la cuenta con el imaginario referí de la contienda: uno, dos, tres... justo en el nueve me pongo de pie.

La única adicción que conservo es a las endorfinas, por eso busco los shorts y la sudadera, los viejo tenis, con los que corro en el bosque de Chapultepec, confundido con atletas de barrio.

Después de la carrera, de regreso al Pointer, enciendo el teléfono portátil, pasan de las nueve de la mañana y tengo en el buzón un mensaje. La primera llamada de Ana para decirme que lo siente, obligándome a recordar que todos los paraísos son perdidos. Imagino que su esposo escucha lo que me dice. Ella lo lastima, se trata de una extraña venganza contra ese hombre postrado en una silla de ruedas. Es cierto, el paraíso en cualquiera de sus versiones es siempre un recuerdo, algo distante y ajeno.

Una rápida ducha, la barba de tres días, aquellos alegres brotes de cabellos rojos se han convertido ya en ceremoniosas canas. El espejo me presenta a un conocido, el tipo ese que se gana la vida con mucho trabajo, reportero independiente, fiel a *Semana*, una revista en extinción, animada por un grupo de tercos periodistas de otra época y, dicen, con el patrocinio de un viejo político arrepentido de sus culpas, convencido de que la revista es "un influyente medio". Ojalá y nadie le hable del analfabetismo funcional, origen de la apatía y la aceptación de la derrota existencial en la que parece que sobreviven millones en este país.

Un café exprés, un par de huevos con tocino... de vuelta a la realidad y los diarios acumulados después del viaje a Puerto Vallarta a media semana. Exploro los periódicos como quien busca la veta de una historia. Soy un pescador que lanza la red. La cotidiana lectura de los diarios me ofrece una versión del país, una versión siempre incompleta, donde hace falta una historia por contar. Me gusta tener las noticias entre las manos, no cambio el olor de la tinta y el papel por la colorida virtualidad del Internet y sus efímeras noticias. Recorto páginas enteras y formo gordos expedientes con los temas de mi propia agenda de reportero.

Me encuentro con esa nota que parecía esperarme en la primera plana de uno de los tres periódicos a los que cotidianamente me enfrento. Varios hombres ataviados con el uniforme de la Policía Federal cargan un féretro rumbo al lugar donde será sepultado. Conocí a ese muerto, lo asesinaron cuando ocupaba el mando de la Policía Federal en la seguridad del aeropuerto de la ciudad de México.

Hace un par de años encabezó un operativo en la frontera de Sonora-Arizona, contra el tráfico de drogas y migrantes. Por gestiones de Neto, jefe de información de *Semana*, fui infiltrado en la Policía Federal. Nadie sabía que era reportero, sólo el mayor Archundia, Félix Archundia. Recuerdo que más de una vez, al hablar con algún colega periodista acerca de ese hombre, de clara descendencia indígena (con un pasado seri o tarahumara), me atreví a decir: "no tengo amigos policías ni narcos, pero siempre hay una excepción y, en cualquier caso, el mayor es mi amigo".

La información sobre la muerte de Archundia era escasa, el mismo boletín de prensa repetido con algunas variantes en los tres diarios. Por ahí, alguno de los reporteros filtraba en un par de párrafos algo sobre la disputa por el aeropuerto. Esa sorda batalla por el control de un estratégico lugar para el tránsito de la droga venida del sur con destino al norte, quién sabe entre qué carteles. Había seguido el caso, el saldo era ya de tres ejecutados,

dos decapitaciones, cinco policías caídos, un agente ministerial adscrito en Tijuana, además de la desaparición del gerente de la Agencia Aduanal Transam.

Un montón de crímenes impunes al que se sumaba el homicidio del mayor Archundia. Esa era la punta de la madeja, de acuerdo con la información publicada, Archundia fue ejecutado en su día de descanso. Una emboscada por la mañana, ocurrida cerca del aeropuerto. Iba sin escolta, detuvo su auto al llegar a un entronque con el Boulevard Aeropuerto.

De acuerdo con la gráfica publicada en las páginas interiores de uno de los periódicos para ilustrar la nota (esas versiones en monitos de las tragedias fruto de la truculenta mente del diseñador que hace años las puso de moda) el asesino viajaba en motocicleta junto con un cómplice. En el momento justo bajó de la moto y descargó una ráfaga sobre el mayor Archundia, quien quizá escuchaba un CD con la música de los Panchos. Tal vez el mismo disco de boleros que escuchamos en el viaje de Nogales a Hermosillo, después de que terminó el operativo donde nos conocimos, oficialmente llamado: "Frontera del desierto".

Recorto las páginas con información sobre el crimen, busco un fólder en el cajón del escritorio, el viejo escritorio venido del más antiguo de mis naufragios de pareja. Un escritorio provenzal que detesto y siempre digo que un día de estos voy a enviar a donde se mandan las cosas inútiles y feas. Me duele escribir con plumón negro sobre el fondo azul del fólder la palabra *Asesinato*, pero sin quererlo encuentro el título del reportaje que de inmediato propongo a Neto. Un correo electrónico, con los detalles de la historia, de los muertos en la batalla por el aeropuerto.

Tengo que incluir en ese fólder aquella nota publicada en *El Despertar*, un periódico de circulación local en Caborca, Sonora, con la historia negra de Archundia. El mismo mayor me dio una copia fotostática de ese material, me sorprendió al entregármelo, cuando nos despedimos al llegar al hotel donde me hospedaba. Supongo que era una forma de curarse en salud, de demostrarme que no ocultaba nada. El operativo había arrojado algunos resultados, la captura de una banda, el "rescate" como lo llaman las autoridades mexicanas, de una docena de inmigrantes hondureños y salvadoreños, viajando con documentos falsos. Nada más.

—El gran pendiente es la corrupción —me dijo Archundia, cuando íbamos por la carretera a través del árido paisaje del norte de Sonora. Los Panchos... el requinto, los esmerados arreglos vocales, sus canciones con las que yo tenía muy poco que ver y, de seguro, el mayor cantaba a solas. Archundia llevaba en la guantera del auto alquilado un estuche rojo de plástico con su colección de CD's, un par de docenas de sus favoritos, además de los Panchos, *Las Románticas de José José* y uno de sus tesoros: *Grandes Éxitos de los Hermanos Castro*.

—Lo que pasó en Altar fue un fracaso —reconoció—. Íbamos sobre uno de los meros buenos, ¿lo viste? Estaba todo listo, pero hubo un pitazo y el tipo escapó.

Recuerdo aquella escena montada a las afueras de Altar. Era de película, un *performance* armado para la prensa invitada, a quienes reservaron lugares de primera fila en la captura de Sebastián Armenta, conocido como "el Sebas", uno de los muchos personajes que operan en el tramado oculto del crimen organizado.

Archundia me había dicho que era el principal operador del Cartel del Sur en la frontera de Sonora. Tráfico de drogas, narco menudeo y el cobro por el derecho a usar sus rutas para cruzar "pollos", inmigrantes en busca de la vida, mercancía de las mafias. Iban con todo, un despliegue de policías federales, apoyados por el ejército y las corporaciones policiacas locales. La hora elegida fue el amanecer.

Se tomaron su tiempo, todo tenía que ser preciso, un colega transmitía por radio en vivo, un equipo de televisión se atrincheraba con sus chalecos recién estrenados, tras de uno de los camiones militares en los que llegaron los soldados. Aproveché la dudosa ventaja de confundirme con un agente del Cisen para apostarme cerca del portón de madera de la casona sitiada.

Los primeros rayos del sol, el intenso sol del verano en el desierto, alumbraban el horizonte de las lejanas montañas. El Sebas había decidido construir su casa de estilo rústico, de seguro con materiales de primera, una verdadera residencia, rodeada por una sólida barda color arena, ubicada a las afueras del pueblo. Es difícil saber quién disparó el primer tiro, el tiro que desató una singular batalla protagonizada por soldados y policías sin rivales al frente. Nadie respondió a las ráfagas de metralla, que se prolongaron por varios minutos. Cuando todo cesó, en medio de un tenso silencio, escuché la frenética narración del colega de radio que transmitía en vivo.

No se puede censurar esa animosidad que parecía fuera de lugar, era resultado de ver sus sueños cumplidos, de actuar, por fin, como un corresponsal de guerra.

—Por lo pronto, ha cesado el tiroteo —decía—. Las fuerzas de la ley coparon al peligroso Sebas, Sebastián Armenta, barón del narco a las afueras de la ciudad de Altar. Transmitimos en vivo lo que ocurre con el operativo "Frontera del desierto". Estamos literalmente en la trinchera…

Hasta entonces la puesta en escena de un episodio más de la guerra contra el narco marchaba bien. A los colegas de la tele los había impactado el tiroteo, aunque antes de filmar buscaron refugio en algún rincón para salvar sus vidas. Un par de muchachas, con aspecto de estudiantes, quienes trabajaban como agentes encubiertos, también habían grabado todo con un par de *handy cams*.

Me tumbé tras de un auto estacionado junto a la casa, miré a los soldados disparar a la distancia, a los agentes ministeriales y a los policías sacar desesperados sus armas. Luego del estruendo del tiroteo, vino un pesado silencio, nadie parecía atreverse a salir de donde se había atrincherado y entrar a la casa del Sebas. Tal vez por evadirme del pánico de haber sido herido por una bala perdida, decidí que tenía que escribir un poema, como aquellos viejos poemas tocados por el rock que hace años escribía, lo iba a llamar: "A las puertas del infierno".

Lo que sucedió después dejó claro que las superproducciones son para Hollywood, que lo que aquí podemos hacer son chafas *video homes*. Versiones de narco corridos donde el humor es involuntario y los héroes son de chiste. La fatalidad de las equivocaciones, los apresuramientos, la falta de estrategia, el mal entrenamiento…

En cuanto vi que algunos policías y soldados brincaron la barda de la casa, los seguí. Al otro lado había más bien un modesto jardín con un pequeño columpio. Por ahí quedaron abandonados relucientes carritos de juguetes y una pelota. Frente a la puerta de entrada, un grupo de policías con los sudorosos rostros cubiertos por pasamontañas se ponía de acuerdo para entrar después de tumbar la puerta con un golpe del instrumento usado para esas cuestiones, parecido a un tronco. Todo tenía que ser como en las pesadas sesiones de adiestramiento, las chicas de la cámara andaban por ahí filmando lo que podían.

Para entonces era evidente que la casa estaba vacía. Nadie había respondido al ataque. El desenlace de la historia de la captura del "Sebas" era un fiasco. El hombre había huido.

—Fue un pitazo —me dijo Archundia—. Es inevitable que todo se sepa. Se puede sospechar de cualquiera, tienen todo bajo control, su nómina es tan grande como la de la policía del estado. Armenta ni siquiera era importante. Un narquito y nada más…

Archundia se veía cansado, de golpe se le habían venido los años encima. Tenía los ojos pequeños y enrojecidos, efecto del poco sueño, sumidos en los muchos surcos de su rostro moreno. Era urgente que llegara a su hotel y durmiera de un tirón diez horas.

—El gran pendiente, el enemigo a vencer, es la corrupción —dijo. La música de Los Panchos no era el mejor fondo para sus palabras.

Trabajo en una *lap*, modesta, sin demasiadas pretensiones técnicas, me aguarda al lado de los restos de periódicos que llevo a la cocina donde más de una vez se han acumulado convirtiéndose en pilas de papel de más de un metro de altura, donde quedan en el olvido las noticias de primera plana, las declaraciones de los políticos, los escándalos del drama de la crisis. Regreso con una taza de té, decidí dejar el café sólo para el desayuno. Lo que sigue en la rutina de los días tranquilos, cuando estoy en casa y me espera la jornada de un trabajo de oficina, es abrir mi correo electrónico. Siempre espero una sorpresa, algo grato, el inesperado saludo de quienes se marcharon, la invitación a un viaje. Con lo que me encuentro en la pantalla es lo de siempre, con algunas variantes: invitaciones a conferencias de prensa; boletines; alguna nota enviada por un colega, y la mala noticia del día, tal vez la desaparición o el asesinato de otro periodista; el informe de la devastación de los manglares preparado por Green Peace, o cualquier material similar, como un fragmento de una nueva recomendación de la Comisión Nacional de Derechos Humanos sobre la situación de los penales. Me alegran las invitaciones a conciertos y obras de teatro a las que jamás iré aunque me lo proponga.

Decido llamar cuanto a antes a Monse. Me molesta necesitar un pretexto para llamar a mi hija, quien decidió marcharse de la casa de su madre y vive ahora con un par de amigos, un extraño personaje de sexo indefinible y esa muchacha que tanto se le parece. La Monse heredó esa propensión mía a las malas amistades, a encontrarse con los de la tribu sin tribu, esos personajes que hace mucho en algún libro perdido en alguna parte un poeta, creo que argentino, exiliado en Madrid, llamó "locos del camino".

Todos los mensajes que miro en la pantalla parecen mensajes de rutina, comunes, por lo menos una veintena. Todos los remitentes son más o menos conocidos. Anoto en mi agenda lo que me parece interesante, la conferencia de prensa en la que valdría la pena aparecerse, el informe que tengo que solicitar, mi intención de hacer un nuevo reportaje sobre la realidad de los penales, una convulsa realidad en la que las organizaciones criminales, los carteles de la droga se disputan el control de los negocios carcelarios.

De pronto, me atrapan unas cuantas provocadoras palabras: "Tengo una bala para ti". Una amenaza. Tal vez la broma suscrita por ese remitente *sombra@yahoo.com*

De inmediato abro el correo para encontrarme con el archivo adjunto. Por un momento pienso que en el disco duro de la *lap* se desata una conflagración, terribles virus al ataque devoran la información acumulada por años, atacan puntos estratégicos de la maquinaria que pone al servicio, del oficio de escribir, maravillosos recursos. Me vence la curiosidad, según el rudimentario antivirus instalado en mi máquina no tengo de qué preocuparme. Aprieto el botón y poco a poco se configura una imagen. Es una fotografía. Soy yo mismo, cuando hace poco más de una hora corría en el bosque de Chapultepec. Un lugar ideal para que alguien te dispare la bala, que insiste, con ese mensaje colocado periodísticamente al pie de la foto, tiene para mí.

Cuando vas por la libre, las amenazas son constantes, nadie puede acostumbrase, te pegan en la línea de flotación emocional. Lo primero que provocan es sorpresa, la amarga sorpresa de saberse vulnerable. Después viene el miedo a morir. Como consuelo, se llega a pensar que se trata de una broma. Luego viene la indignación.

Miro la foto, lo primero que me dice es que quien la tomó bien pudo apretar el gatillo de un arma, en vez del botón de una cámara. Me preocupa que alguien haya tenido la capacidad de seguirme por el azaroso camino a donde me lleva el trote. Me vigilan. Jamás salgo a correr a la misma hora, no tengo horarios, desprecio las rutinas de la manada. Ellos saben dónde vivo, conocen el auto que manejo, tuvieron la paciencia suficiente para esperar mi regreso de Vallarta. No entiendo por qué se toman tantas molestias, a quién le importa el trabajo de un reportero como yo, por qué han gastado tanto tiempo y, supongo, también dinero, para mandarme un mensaje, ¿por qué no estoy muerto?

Cierro la imagen de la foto en la pantalla, regreso al mensaje, pienso cómo responder. Aceptar el reto, jugar este juego. No me van a matar, por lo menos no ahora. No se trata de eso. Más bien es una forma de mostrarme el músculo, su fuerza.

Me parece imposible que el esposo de Ana se tome tantas molestias para amenazarme, no tengo enemigos verdaderos, tal vez algún colega resentido por la vana competencia, incapaz de maquinar esta trama. Es alguien que me busca. Se trata de un convincente llamado a través de una amenaza de muerte.

"Tengo una bala para ti".

Por un rato pienso la respuesta al mensaje, lo que voy a decirle a *sombra@yahoo.com*. Vale la pena jalar un poco la hebra del hilo, mirar quién está detrás de todo esto. No tengo la menor duda de que sólo el narco, cualquiera de las organizaciones que responden al nombre del imperio criminal, que se erige en nuestro país, puede ser capaz de armar algo tan elaborado.

El narco te busca, pero ¿quién y con qué propósito?

No es la primera vez. En un par de ocasiones me ofrecieron información clave, alguna entrevista con un poderoso personaje harto de ser perseguido, dispuesto a denunciar a quienes lo traicionaron. Decidí no jugármela, si la información resultaba veraz, si un barón de la droga te ofrece una entrevista, tarde o temprano hay que pagar el precio. No acepté, dejaron de llamar, también de enviar mensajes al correo electrónico.

Mientras pienso en cómo responder trato de seguir adelante con el trabajo de oficina del día, lo que llamo la burocracia del oficio. Organizar la información, transcribir alguna entrevista, llamar a la revista… es imposible, tengo que regresar al mensaje de *sombra@yahoo.com*

Cuando pende sobre ti una amenaza de muerte, no se está para rutinas. Tal vez es cierto, me buscan, pueden matarme. Trato de encontrar las palabras justas, el sentido de la respuesta que estoy decidido a armar. Lo primero es no aceptar que estoy aterrado; después hacerle ver a quien le gusta seguirme y tomarme fotos, a esos paparazzis armados, a la *sombra* y sus secuaces, que acepto el juego y quiero encontrarme con quien lo organiza.

Decido ser directo, no decir demasiado, los juegos de palabras y las sutilezas no tienen lugar cuando se sabe que la muerte acecha. ¿Por qué no desaparecer un periodista más?

El mensaje de vuelta tiene que ser frío y preciso, no hay que mostrar miedo, mucho menos cualquier viso de negociar o ponerse a su servicio.

De pronto, como suele ocurrirme, la entrada justa para el reportaje que propicia el interés del esperado lector, el orden adecuado para los temas a tratar, los datos clave que hay que incluir en el texto aparecen como una deslumbrante ocurrencia, supongo que al final de perseguirlos por un tiempo, a veces por días enteros o como ahora, por los minutos que llevo frente al mensaje dispuesto en la pantalla de la *lap* para mi respuesta.

Escribo: "Hola… sólo una pregunta, ¿de qué calibre es la bala?"

Mando el mensaje y ya sin pensarlo demasiado vuelvo a la rutina del trabajo de oficina, a la inevitable burocracia del oficio. Me espera la transcripción de las entrevistas del reportaje que tengo que entregar esta misma semana.

Busco un café, en cuanto entro a la cocina escucho música, los viejos Rolling Stones suenan por ahí, en alguno de los departamentos del edificio donde vivo. Un viejo edificio de tres plantas y seis departamentos en la calle de Michoacán, en la Condesa, rumbo de moda para mi mala fortuna, lugar a donde ha ido a vivir fauna que presume de ser vanguardia. Pequeños y burgueses. A ratos, no sé bien de dónde viene el dinero con el que pago la renta, la multiplicación de los pesos asiste al *free lance* en su destino. Un milagro pequeño y cotidiano, como la irrupción de "Ruby Tuesday", en la voz del maestro Jagger.

Regreso al estudio, me planto frente a la computadora, tengo enfrente mi grabadora. Trabajo a la antigua, transcribo las entrevistas por completo, una interminable tarea para la que hay que tener mucha paciencia. Preparo un reportaje sobre la llamada generación de los ni... ni, chavos para quienes no hay lugar en la escuela y tampoco encuentran trabajo, para quienes el futuro parece clausurado. Deberíamos llamarlos la generación de los excluidos.

En días así me gusta aislarme, hacer la chamba tranquilo, sin prisas, no miro el reloj, apenas me asomo a la ventana, me sumerjo en las aguas de la historia que tengo que contar, el reportaje pactado con la revista, la fuente de donde manan los pesos que se multiplican.

Parece que han pasado años desde ayer, cuando estaba tumbado en la playa con Ana. Me pregunto cuántas vidas vivimos en el viaje de la existencia. Sé que por lo menos siete, como los gatos.

El teléfono llama, ni modo, la realidad insiste en penetrar en este mundo erigido en el departamento de un veterano de la vida a quien sólo le interesa hacer lo suyo, de llevar la cuenta de las desgracias, tratar de explicar sus causas. Una forma de exhibir monstruos de la violencia como endebles creaciones humanas, esos monstruos que representan formas de degradación humana.

Levanto el auricular del teléfono que tengo instalado sobre la pared, la imitación de un teléfono como los que se ven en las viejas películas en blanco y negro. Un recuerdo dejado por el antiguo habitante del departamento, de quien sólo sé era músico. Alguna vez le preguntaré a Longino, el portero, quién era el señor Francisco Salas, a quien todavía le llega correspondencia.

—¿Sí...? —contesto.

Nadie responde. En cuanto regreso al escritorio, el teléfono vuelve a sonar. Me inquieto. Sin pensarlo vuelvo a contestar. Otra vez el silencio.

Son ellos, deben ser ellos, quienes llaman sólo para decirme estamos aquí, muy cerca. Podemos hacerlo. Hoy podemos hacerlo.

Sin pensarlo, marco el número de Monse, quien responde de inmediato.

—Hola.

—¿Cómo estás? —me pregunta con un dejo de fastidio—. Supongo que no es un buen momento para hablar con ella. En ocasiones los hijos echan de su vida a los padres. No hay remedio.

—Bien. ¿Dónde estás? —me olvido de que a la Monse no le gustan las preguntas, una adolescente tardía que ha pasado los últimos tres años reclamando su derecho a la independencia, aunque su madre y yo paguemos la mayor parte de la renta del departamento donde vive.

—En camino a un ensayo.

Tengo que reconocer que, de alguna manera, la Monse realiza mi vieja vocación por el teatro. Las veces que la he visto en escena me he sentido feliz.

—Sólo quería escucharte, saber que estás bien. Un beso.

—Adiós. Más besos.

Nada más. En cuanto cuelga marco otro número conocido, Magali Randall, la Dama de las Noticias, exitosa periodista televisiva, se toma su tiempo para responder. Por ahora estamos alejados, cada quien en una esquina de la vida. Ajenos, extraños.

—Hola… ¿te interrumpo? —mi *ex* siempre dice estar ocupada.

—Sí, estoy aquí en la edición de un material —responde con el fastidio que le provoca escucharme.

—Mira —dudo por un momento, al fin encuentro el pretexto, tiene que ser por Monse, siempre Monse—. Quería platicar contigo sobre Monserrat, creo que le pegó mucho eso de perder la beca, el no irse a Nueva York —digo, asumiéndome como un padre serio y muy preocupado.

—La niña está bien. Se le va pasar.

No me gusta que la llame niña, tampoco que se tome a la ligera lo que sucede, pero no hay remedio con la Dama de las Noticias. Siempre está ocupada. Como fruto de un nuevo amor anda por la vida con soberbia. Que le aproveche.

—Está bien, sólo quería escucharte —digo sin pensarlo. Reprocho la nota de melodrama amoroso. El nostálgico reclamo del *ex*.

Quería saber de ellas, no me gustaría que después del mensaje lo siguiente fuera la toma de un par de rehenes por el narco. Una demostración de fuerza para atemorizarme.

Trato de volver al trabajo, de seguir con la transcripción de las entrevistas, pero es inútil. El café se ha enfriado, no me gusta su sabor, demasiada azúcar. De nuevo abro mi correo. Ahí está la respuesta que esperaba.

sombra@yahoo tiene un mensaje para mí:

"Del calibre más pesado. Una bala de cañón".

Sin pensarlo, respondo: "¿Qué sigue? Si me han de matar mañana, ¿por qué no nos vemos de una vez?"

Algo de humor, una oportuna versión de los versos de "La Valentina", aquella canción aprendida en la secundaria, cantada con el coro de chavos desmañanados todos los martes y jueves en el salón de música de la secundaria 77.

IV

DE PRONTO todo me parece irrelevante, no puedo volver al trabajo, seguir redactando las entrevistas para el reportaje, tampoco me importan las campañas de los candidatos a la presidencia. Me había propuesto viajar con los tres candidatos más fuertes, los privilegios de quien trabaja por su cuenta y no está obligado a cubrir una fuente determinada, crónicas de sus giras, una versión del México sumido en la pobreza y el hartazgo con el pretexto de la cobertura de los actos de campaña. La debacle del sistema político mexicano.

Trato de convencerme de que no esperan a que salga del edificio para treparme a un auto a punta de pistola. No van matarme. No van a matarme.

Lo cierto es que estoy en sus manos, cuando alguien del narco te señala, cuando te demuestra su poder, sólo hay dos caminos: huir o esperar tranquilo el desenlace de la última aventura.

No habrá otro capítulo en la historia, no habrá final feliz, como dice el título de una de mis novelas de cabecera.

Decido hacer llamadas, denunciar lo que ocurre, pero sé que la fiscalía para delitos cometidos en contra de periodistas cubre el expediente con un seguimiento burocrático a nuestras muertas y desapariciones, a las agresiones y amenazas que sufre el gremio.

Pero mi amiga Enedina, de Reporteros sin Fronteras tiene que saberlo. Al estado de ansiedad, al miedo a morir, procede cierta calma. Trato de convencerme de que la bala que me tienen reservada se encuentra refundida en un AK-47. Si me matan los narcos que sea con un cuerno de chivo. Parece la letra de un narcocorrido, la historia del periodista que se pregunta quién tiene reservada la muerte para él, quién quiere enviarlo al último de sus viajes al infierno.

Trato de tranquilizarme, me digo que me quieren vivo. Imposible volver al trabajo, salgo a la pequeña terraza, lo mejor del departamento. Desde el tercer piso, acodado en el balcón, entre las plantas que poda y riega el buen Longino, me asomo a la vida que corre más allá de mis temores.

En ocasiones y por efecto de inesperadas lluvias, de benefactores vientos o la sucesión de días de descanso en los llamados puentes laborales, el cielo de la que fuera llamada "la región más transparente del aire" se impone con un intenso azul. No voy a morir en un día soleado. Me voy a topar con la muerte cuando llegue el momento. Espero que ese fatal encuentro sea una borrascosa tarde de otoño.

La calle luce tranquila, ha pasado el ajetreo de la mañana, a lo lejos se escuchan los rumores de lo urbano, la locura de algún claxonazo, la sirena perdida de una ambulancia o alguna patrulla. Pienso en Ana, pero también pienso en ti Ausencia. Así me ha dado por llamarte, Ausencia, el buen amor roto, irrecuperable. Hace tiempo que no escribo una carta para ti, esos montones de cartas cuyo destino final es el olvido.

Por efecto de este cielo azul, de la calle desierta y el silencio que me acompaña, del narcocorrido paso al bolero. Ni modo, no he dejado de amarte. Aquí estás, te apareces cuando menos lo pienso. El vivo deseo de encontrarte, la esperanza de que regreses del largo viaje emprendido luego de nuestra separación. Me faltas y le faltas al mundo, a esta calle, a este convulso país, al departamento vacío, a la cama sin hacer y mis trabajos pendientes. Sobre todo le haces falta a mis manos y mis labios, a este cuerpo huérfano de tus ternuras y tus pasiones.

Otra vez el teléfono, decido no contestar. Suena el timbre de la contestadora. Es Neto, el jefe de información de la revista.

—Oye, cabrón, necesito un adelanto de tu texto para la revista… ¿lleva algún gráfico? Deja de hacerte pendejo y ponte a trabajar por alguna torcida mi razón, demuestra afecto y camaradería con insultos.

Neto es un periodista formado en las vicisitudes de las redacciones de otro tiempo, cuando en las tardes el ensordecedor ruido de las máquinas de escribir mecánicas aporreadas por los reporteros animaba las noticias del día.

Regreso a la computadora, reviso los mensajes de mi correo electrónico, llegó la respuesta que espero, encabeza la lista de los mensajes recibidos. A alguien le interesa mucho encontrarse conmigo. No voy a morir, al menos no por el momento.

"Envío clave de vuelo y detalles. Por acá nos encontramos. El viaje vale la pena".

Nada de promesas de explosiva información, datos reveladores sobre la corrupción con nombres y detalles de la nómina de políticos y policías. Tampoco la exclusiva entrevista con un barón del narco.

Por un momento pienso en responder que necesito una fecha, la agenda de los reporteros siempre está saturada. Un intento de ganar tiempo para imponer mis condiciones, pero sé que es inútil. No olvido la contundencia del primer mensaje de *sombra@yahoo.com*

"Tengo una bala para ti".

V

LLEGO AL AEROPUERTO con el tiempo suficiente para desayunar, a los soleados días del mes de abril, ha seguido la turbulencia de un adelanto de las tormentas que nos esperan en agosto. Llueve cuando menos te lo piensas, como ocurrió esta mañana. Se trata de los efectos del cambio climático en uno de los conglomerados humanos más grandes del planeta, la capital del Apocalipsis gris, que se mira por todas partes. Los supervivientes siempre son grises, como las ratas y los pájaros, criaturas del asfalto, como nosotros mismos.

Un par de huevos con tocino, un café y la lectura dispersa del periódico. Nadie de quién anda por aquí, la chica que me sonríe, no sé si por encontrarme algún parecido con su padre o porque tengo la suerte de que me mire con una pizca de deseo, ni el mesero que me sirve la siguiente taza de café, tampoco el vecino de la mesa de junto, alelado frente a la televisión, imaginan que el destino final de mi viaje puede ser la muerte.

El tocino cruje, los huevos no están nada mal y el café resulta pasable. Devuelvo con las mejores intenciones la sonrisa a la muchacha quien ha elegido para hoy vestir un traje sastre formal de color gris al que da vida con una mascada azul atada a su cuello. Debe ser una prospera gerente de alguna inmobiliaria que emprende nuevos negocios, quizá la audaz ejecutiva de una empresa publicitaria, tal vez una burócrata encumbrada demasiado aprisa, bajo sospecha de los compañeros, sobre todo de las compañeras, que tanto la envidian. No me parece que podamos ir juntos a alguna parte, a pesar de su belleza, afinada con el maquillaje y el tinte que hace su largo cabello más oscuro y sensual. Le devuelvo la sonrisa con esa singular nostalgia, que proviene de lo que no pudo ser. Agradezco la atención prestada para este veterano de la vida, que no se afeitó por la mañana, a quien hace falta un corte de pelo, usa los mismos jeans desde hace un par de semanas y eligió para el que puede ser el último de sus viajes, una camiseta verde con el sesentero logo del Peace and Love.

Las malas noticias del periódico de todos los días: campañas políticas, promesas huecas, los mismos candidatos lucen fastidiados de representar su papel. El naufragio del sistema político mexicano. Cuando esto termine voy a proponer a la revista una serie de reportajes sobre el escenario de las campañas políticas en un país devastado por la crisis económica y la violencia. Me aburro del periódico. Justo cuando la chica del traje gris pide la cuenta y se dispone a marcharse busco el libro que me acompaña en este viaje. Elegí una antología de la obra de Tomás Eloy Martínez. *La Otra Realidad*.

El azar me depara un texto que habla de Dios, su *fotografía* tomada a través de poderosos telescopios capaces de asomarse al confín del universo, donde una fuerza, hasta ahora desconocida, parece expandirse para corregir los vacíos dejados en su obra. Se trata de una paradoja del fin de los tiempos o quizá del anuncio de que todo puede ir mejor, pero nada de abrigar falsas esperanzas, habrá que recordar que esa fotografía procede de hace millones de años, tal vez cuando toda esta broma de la existencia, fue urdida por esa misteriosa fuerza hasta ahora detectada por instrumentos humanos.

En fin, es hora de buscar la sala de abordaje, por aquello de los atavismos, esos llamados a la buena suerte a los que son proclives los futbolistas, que por ejemplo usan, hasta que se puede, las mismas medias o los zapatos con los que anotaron el primer gol de la temporada, cruzo la sala número trece. Llego a la 19 y busco dónde sentarme para seguir con la lectura de Tomás Eloy Martínez. Si lo pienso me parece un juego perverso leer al azar los textos de esta antología, toparme con una reflexión sobre los límites de la realidad en los textos urdidos por la literatura y el periodismo, justo cuando emprendo el que puede ser el último de mis viajes.

Busco mi teléfono, marco el número del telefono portátil de Ana. No dije nada de los mensajes de *sombra@ yahoo.com.* Quisiera que lo nuestro tuviera futuro, de Ana me gusta esa disposición suya de ir para adelante. Supongo que desarrolló esa habilidad cuando miró que la esperaba un fallido futuro, la vida al lado de un hombre enfermo a quien se rehusaba a abandonar. Ana seguía enamorada de su esposo, su amor hacía él era distinto al de las comedias románticas de Hollywood. Un amor próximo a la compasión.

No responde a mi llamada. Dejo un mensaje. Un insípido adiós, un rutinario te llamo esta noche.

Llegó el momento de abordar, subo al avión, busco mi lugar y vuelvo a Tomás Eloy Martínez. Decido dormir un rato, casi me olvido de lo singular de este viaje, esas pequeñas tareas rutinarias, esos inocuos actos de que se compone la existencia, a veces resultan benéficos, nada de temor, ni tensiones, uno de tantos viajes del veterano reportero tras una historia.

Cuando miro las nubes iluminadas por el sol en pleno vuelo, esa bruma blanca, no puedo evitar preguntarme si los ángeles existen, seres alados, sin oficio, caídos en la desgracia de una popularidad recientemente adquirida. Me gusta pensar en ángeles exiliados de un imposible cielo, seres despojados de sus alas.

Una novela de ángeles andantes y terrenos me espera. Una forma de reconciliarme con el mundo, de convencerme de que más allá de las negras historias de crímenes, de los absurdos del poder y la corrupción, todavía podemos emprender el vuelo.

Cierro el libro de Tomás Eloy Martínez, duermo un rato, ni siquiera escucho cuando a la mitad del vuelo las sobrecargos ofrecen refrescos. Duermo hasta que desde la cabina de pilotos viene el anuncio de abrochar los cinturones porque hemos iniciado el descenso al aeropuerto de la ciudad de Hermosillo.

Las instrucciones en el mensaje fueron simples, alguien me iba a encontrar en el aeropuerto. No tenía de qué preocuparme. El mensaje en el que *sombra@yahoo. com* envió la clave de mi boleto para viajar a Hermosillo, incluía la recomendación de que viajara solo.

No era la primera vez que nadie en el mundo sabía dónde me encontraba, a dónde me había llevado mi oficio. Lo peor, pienso con cierta amargura al caminar con los demás pasajeros rumbo a las instalaciones del aeropuerto, es que a nadie le importa demasiado. Me consuelo diciéndome que la razón de ello es que todos saben que soy como un gato, con siete vidas. Sólo que si hago cuentas, ya perdí varias de esas vidas, quedaron por ahí deshechas en el camino.

Un hombre me espera con un trozo de cartón cualquiera donde ha escrito con plumón negro y letra de niño mi nombre, Rodrigo, sin apellido ni nada, el anonimato del periodista que viaja encubierto rumbo a una cita con el narco.

Una versión estereotipada de un personaje que forma filas en las huestes del narco, un soldado de sus infanterías. El tipo es enorme, grande y pesado, lleva el pelo cortado a rape, barba de candado. A la camiseta que usa le cortó las mangas para lucir sus poderosos brazos con tatuajes, en el izquierdo una voluptuosa mujer con su nombre escrito bajo la pintura (tenía que llamarse Ángela), y en el derecho un felino, un surrealista tigre más bien malogrado. Tatuajes que remiten a la estética carcelaria.

No se sabe si saludar, sonreír o identificarse cuando se está frente a un tipo como ese con un cartel donde escribió tu nombre. Dan ganas de seguir de frente, hacer cola en los taxis, irse al centro de la ciudad para hacer tiempo y volver más tarde a comprar un boleto del primer avión que despegue y te lleve lejos de Hermosillo. También queda la posibilidad de fingirse otro pasajero, hacerse de un destino distinto, llevar adelante la farsa de ser alguien más. Dejarle a otro la muerte reservada para Rodrigo Angulo.

Pero el grandulón me identifica, me sonríe en cuanto me mira, levanta el cartel para indicarme que me espera. No hay remedio, lo sigo hasta la salida. Por decir algo me dice que hace calor. El inclemente sol de Hermosillo resplandece en lo alto de un cielo de azul intenso. Nos espera en el estacionamiento del aeropuerto un modesto auto, un Ford Fiesta. A decir verdad esperaba una camioneta enorme, de vidrios polarizados. Mejor así. "Soy Cande", me dice el hombre mientras busca la salida del estacionamiento. No me atrevo a preguntar a dónde vamos cuando enfila por la carretera al lado contrario de Hermosillo.

Guardamos silencio por un rato, miro la carretera, el árido paisaje. Confirmo por el espejo retrovisor que nadie nos sigue. Veo venir a lo lejos, de frente a nosotros, por el carril contrario, una patrulla de la Policía Federal que pasa a nuestro lado. Todo tranquilo.

—¿Vamos muy lejos? —pregunto. El tipo de los tatuajes se toma su tiempo para responder. Lo miro relajado. Debe disfrutar sentarse en un auto y mantener el control, aunque sea un auto pequeño, como el que conduce a más de 140 kilómetros de velocidad por las interminables rectas de la carretera.

—No tanto, usted tranquilo. Ya lo esperan.

No me atrevo a preguntar quién me está esperando, ni dónde.

Más adelante nos detenemos en una gasolinería. El tipo pide que le llenen el tanque. Lo sigo al baño y luego a la tienda de al lado. Descubro que me comporto como su cautivo y él lo sabe.

Cande toma del refrigerador un litro de agua y luego va tras una bolsa de papas fritas y un sandwich. Me encuentro con una bolsa de *coyotas,* pan relleno de piloncillo, de tosco sabor.

Volvemos al auto, viajamos rumbo al norte, después de una hora apenas hemos hablado. De pronto y como si hiciera falta romper el hielo, encontrar cualquier pretexto para la charla entre dos desconocidos, el tipo de los tatuajes me dice con frialdad:

—Por aquí quedaron cuatro agentes de la AFI. Los enterramos con todo y carro.

Recuerdo la historia de los agentes desaparecidos, ocurrió hace algunos años, antes de que se desatara la guerra contra el narco, antes de que las desapariciones y las ejecuciones de policías fueran cosa de todos los días.

—Eran una molestia, la monserga constante de que anduvieran preguntando lo que no debían.

Seguí callado.

—Una mañana los vimos salir de su hotel. Los teníamos *campaneados*, bien *checados*. Los seguimos y esperamos órdenes. Llevábamos días tras ellos.

Por ahí quedaron, en algún paraje de la carretera por donde viajamos, cerca de donde debieron ejecutarlos.

—Para mí que los mandaron al matadero… cómo iba a ser que llegaran así y lo peor que siguieran sueltos. Después de tres o cuatro días, los topamos. Fue muy fácil, ni siquiera sacaron sus *tiros*. Le juro que estaban tranquilos, como resignados.

Nada de preguntas. La Coyota que tengo entre las manos tiene un sabor seco y dulce, esta golosina del desierto tiene el gusto de la vida dura, del arduo trabajo de cada día.

—Tenían que desaparecer sin dejar rastro. Nadie debería volver a saber de ellos. Por aquí sobra dónde sepultar cuerpos, pero para enterrar el coche donde viajaban le sufrimos.

A nadie parecía importarle ya la historia de los agentes desaparecidos. Recordé que la última vez que se les vio con vida fue en Hermosillo, donde se reportaron con el delegado de la Procuraduría General de la República, según distintas notas de periódico.

¿Dónde me habrán visto por última vez a mí?, ¿cuánto tiempo pasaría antes de que Monse, o mi *ex*, Magali, o Ana, o quizá Longino el portero, reporten mi desaparición?

Devoro la bolsa de Coyotas. Viajamos otro rato en silencio, luego el tipo vuelve a la carga. Disfruta con demostrarme que estoy en sus manos.

—Hay gente muy cabrona, muy mala, de verdad enferma —dice.

No puedo evitar mirar en el espejo retrovisor su sonrisa. Un extraño guerrero venido del infierno, lentes oscuros, rostro moreno, el pelo demasiado corto.

—Me ha tocado ver que matan porque sí, sólo por sentirse superiores, muy chingones… dueños de la vida de otros.

Me pregunto si este tipo puede ser la *sombra@yahoo.com*, si es capaz de haber urdido un macabro juego del que temo puede llegar el final.

—No quiero alarmarlo, mi amigo, pero por aquí mismo hay una brecha, de esas brechas perdidas.

Cande sigue con lo suyo, ha logrado inquietarme, tengo la boca seca, el piloncillo de las coyotas ha cobrado un amargo sabor. Me sudan las manos. Me pregunto cuánto falta para llegar; si de verdad llegaremos a alguna parte. El tatuado habla de lo que más sabe, de lo único que parece interesarle. De su oficio de matón.

—Muchos se mueren así nada más, sin saber ni por qué. A otros los trajimos a pasear por aquí, después de que nos dijeron lo que queríamos —miro en el espejo retrovisor la sonrisa de Cande, una mueca. Sus manos sobre el volante son enormes. Tiene pectorales de físicoculturista.

—Yo no soy de los manchados que matan por matar.

Tampoco de esos tipos enfermos que disfrutan con el dolor de otros. Una vez conocí a alguien así. Era un solitario, un enfermo. Me invitó a tomar, nos emborrachamos. Luego fuimos a su casa, un lugar perdido en el cerro. No había luz. Se iluminaba con velas. Usted no me va a creer, pero el bato ese tenía en un cuarto algo parecido a un altar. La Santa Muerte iluminada por una docena de veladoras. Montones de recortes de periódico con noticias de ejecutados. Una colección de frascos donde guardaba dedos en formol, el recuerdo de sus víctimas, amputados por él mismo. Docenas de frascos transparentes sobre el altar, con dedos solos, como huérfanos. Al loco ese lo mataron, acabó mal, muy mal.

Me pregunto qué podría pasarme si abro la puerta del auto y me arrojo. Cuántos huesos rotos, cuántas contusiones y serias heridas por efecto del choque de mi cuerpo en contra del asfalto. Tal vez podría sobrevivir.

—Yo sólo cumplo con mi trabajo. Hago lo que me ordenan y punto.

Cande permanece en silencio por un rato, imagino que en espera de ver los efectos de lo que me ha contado. Sé que puedo morir, pero también que alguien se ha tomado demasiadas molestias para traerme hasta aquí, además de pagar un boleto de avión. El tipo de los tatuajes me parece sólo un emisario, un cruel emisario, pero sólo eso.

Quizá sea tiempo del contraataque, de salvar el par de Coyotas restantes en la bolsa de plástico, donde vienen empacadas, del amargo sabor del miedo.

—¿Recuerda cómo fue la primera vez que mató a alguien? —me atrevo a preguntar.

El tipo se desconcierta, intenta sonreír, esa mueca suya.

—Hay cosas que no se olvidan —dice murmurando.

Me arriesgo a preguntar:

—¿Cómo fue?

—Lo tenían hincado. Ni siquiera le vi la cara. Estaba de espaldas con las manos amarradas. Me acerqué y disparé. No sentí nada. Nunca siento nada.

La tarde empieza a caer, a lo lejos el sol se asoma a través de las nubes que lo ocultan tras un brillante color plata. Algo me dice que hoy no voy a morir, que el final del camino no está en alguna de las brechas que miro al lado de la carretera, esos caminos perdidos en el desierto donde personajes como Cande siembran muertos.

VI

"San Luis Río Colorado, 27 KM", dice el letrero. Cande disminuye la velocidad del auto. Ya es de noche, el neón del letrero: "Motel El Descanso" rompe en la oscuridad.

—Llegamos —dice en un murmullo, apenas audible.

Un par de autos estacionados frente a la hilera de cuartos, donde hay un par de ventanas iluminadas. Un columpio, el sube y baja y la resbaladilla se erigen al fondo de un jardín de arbustos secos y mala hierba crecida. Más allá una alberca vacía, en cuyo fondo deben anegarse montones de hojas secas y basura. El paraíso del abandono, el tedio del desierto. Esos cuartos deben estar habitados por almas en pena.

Cande enfila el auto rumbo al rincón más apartado del motel, lo estaciona frente al último de los cuartos. Con un gesto agresivo, agita la mano derecha indicándome que aguarde. Se toma su tiempo para bajar del auto. A través del parabrisas y la oscuridad de la noche lo veo llamar a la puerta.

Alguien debe preguntar quién es.

—Cande, señor.

Después de un rato se enciende una tenue luz, ésa ilumina la ventana del cuarto cubierta por una pesada cortina.

Alguien abre la puerta. Cande entra. Por un momento pienso en escapar, bajar del auto y correr rumbo a la carretera, pero sé que no llegaría muy lejos, supongo que al grandulón de los tatuajes le gustaría aumentar la cuenta de sus muertos, quién sabe si colocar el dedo índice de mi mano derecha en el altar de la Santa Muerte.

Además, me gustaría saber quién o quiénes me esperan, para qué me hicieron venir. Vale hacerse conjeturas. Lo primero que se me ocurrió después de haber recibido la confirmación del vuelo con rumbo a la ciudad de Hermosillo, era que un narco retirado, pero todavía con suficiente poder, necesitaba que alguien contara su historia. Una biografía escrita por un periodista, una suerte de narcocorrido de 200 páginas. Después pensé que cualquiera de los narcos perseguidos, quienes ilustran los carteles del FBI, por quienes se ofrecen millones de dólares y fuertes recompensas, había decidido usarme para enviar un mensaje a las autoridades, tal vez la advertencia de que dejaran de perseguirlo o de lo contrario tendrían que atenerse a las consecuencias. Incluso pensé en cuáles podrían ser esas consecuencias: más y más muertos; tal vez la denuncia de algunos personajes clave en el cerco de protección establecido con la complicidad de las autoridades, con el que su organización pudo operar impunemente por años.

Quizá era algo más, algo inesperado, una declaración bomba para hundir a unos de los aspirantes a la presidencia. Aniquilarlo de golpe y sembrar dudas sobre hasta dónde podría llegar la influencia, el poder y los dineros del narco en la política mexicana. Acaso una advertencia sobre algo que podría ocurrir y tenía que evitarse, como el atentado en contra de alguno de los candidatos. Todo ello y quién sabe qué más correspondía a una estrategia mediática urdida por los narcos, resultado de quienes saben bien los efectos de los cañonazos de información.

Para algo necesitaban a un reportero y ese reportero era yo. "Tengo una bala para ti", decía aquel mensaje que me tiene aquí.

Las luces de un automóvil que entra a las inmediaciones del motel me alertan. Se detiene frente a uno de los cuartos. Luego de un par de minutos, un hombre baja de prisa y regresa con la llave de la habitación. La mujer que lo espera en el auto se toma su tiempo para bajar, camina con dificultad, está demasiado ebria, el tipo entra tras ella al cuarto sin siquiera mirarla. Luce un vestido floreado, corto, la blancura de la piel de sus piernas resalta en la oscuridad. Es una chica de platinada cabellera.

No sé cuánto he esperado, ¿quién podría calcular el tiempo estimado de descenso al infierno o la duración de los últimos pasos del condenado que camina rumbo a la silla eléctrica? Me repito que no voy a morir, confío en mi suerte, me sobran algunas vidas de gato callejero. Me trajeron con un propósito, un turbio propósito como cualesquiera de los que imaginé en este par de días mientras llegaba el momento de viajar siguiendo las indicaciones de *sombra@yahoo.com*

Escucho el crepitar de los grillos, el calor de la noche me lleva a bajar por completo la ventanilla del auto. A lo lejos pasan los autos, el claxonazo de un tráiler se oye a la distancia. Estoy a punto de salir a estirar las piernas, a caminar por ahí. Si se puede, acercarme a la administración del hotel, ubicada en el otro extremo del pasillo para mirar quién la atiende. De golpe se abre la puerta del cuarto de enfrente.

Cande me llama, dice algo así como "ha llegado la hora, señor". Sólo entiendo que tengo que entrar.

VII

Huele a medicinas, al pesado olor de los enfermos y los viejos, hay alguien tumbado en un sillón. Me llama con la mano, dice "adelante". Una voz delgada suave. Cande está a un lado, de pie, con ese intento de sonrisa suya que resulta esa feroz mueca que ya me es familiar.

El hombre viste sólo un pantalón de mezclilla, el pelo atado en una cola de caballo entrecano y escaso. Está tan flaco que los huesos de sus costillas resaltan sobre su piel, blanca, lechosa. La televisión está encendida, sin volumen, una comedia gringa, de chistes bobos y risas programadas. El cuarto se encuentra en penumbra, apenas iluminado por la pálida luz que emana de la pantalla.

—Me da gusto conocerlo, Rodrigo Angulo, audaz reportero —hay un dejo de burla en sus palabras. No me gusta el modo como el tipo dice mi nombre.

—Buenas… —digo al vampiro, al fantasma, a esa versión de estrella de rock en extrema decadencia. El tipo no me parece un narco.

—Me voy a presentar. Mi nombre… cualquiera de los que tengo no le va decir nada. No importa. Soy Johnny López. Tengo un pasaporte francés bajo el nombre de Jean Luc no se qué… otro español, dos mexicanos. No me lo va a creer, pero a veces me cuesta saber quién soy, no me acuerdo del nombre con el que despierto por la mañana.

El tipo tiene un acento extraño que no logro identificar, parece colombiano, aunque en sus palabras hay reminiscencias del modo de hablar de quienes viven en la costa. También hay algo del acento de la gente de Tijuana, esa mezcla de voces provenientes de distintas geografías.

—Siéntese, póngase cómodo, lo primero que quiero decirle es que no va a morir, no se trata de eso. Aunque lo de la bala es cierto —me siento en un sofá que hace mucho vivió su mejor momento. El tipo espera mi reacción a lo que ha dicho. No me gusta su juego, estoy cansado del viaje y no he venido hasta aquí para seguir adelante con enigmas y adivinanzas, con el misterio del tipo de los siete pasaportes y su fiel escudero, Cande el asesino.

—Está bien, pero dígame a qué he venido, de qué se trata —digo sin reparar en que no hay nadie que sepa dónde estoy. La desaparición de Rodrigo Angulo puede ser inminente. En el jardín aquel, de los juegos enmohecidos, seguro hay espacio para enterrar un cuerpo.

—No desespere, tranquilo, tenemos mucho de qué hablar. ¿Quiere tomar algo?, tengo whisky. Sólo whisky.

Cande no espera mi respuesta, busca la botella colocada sobre la pequeña mesa y me sirve un trago en un vaso desechable.

—Le voy a dar un *rumbo*, un pronóstico garantizado de algo que va a pasar. Le voy a demostrar lo que puedo hacer y después voy a decirle lo que quiero. Le ofrezco una primicia, *la nota*, como dicen ustedes. No me mire así, entre otras cosas, me dedicó a eso. ¿Cómo decirle...? Soy de los que organizan fiestas. Vamos a dejar de perder el tiempo.

Vamos a empezar con algo tranquilo pero eficaz, para demostrarle lo que hago, un despliegue de narcomantas por todo el país, lo mismo en el norte que en el sur. Todas con el mismo mensaje: "Dejen de agitar el avispero. Los dedos van a morirse. Por qué nos atacan. Todos saben quiénes son los corruptos y sus aliados, pregúntenle a los generales". Me lo sé de memoria.

Algo me dice que lo de las narcomantas es cierto, también que cualquiera que sea la razón por la que estoy aquí procede de un plan, un delirante plan fraguado por el personaje que levanta su vaso desechable y brinda conmigo. El tipo luce animado, satisfecho. El flaco que tengo frente a mí, pálido, endeble, enfermo de vaya saber qué, prepara los malos chistes del narco.

—Le reservamos una habitación, si piensa por un momento lo que hago, a lo que me dedico, entenderá las razones de por qué siempre estoy en movimiento.

Además del olor a las medicinas, un olor a plástico quemado se propaga por el ambiente. El tipo se ve tranquilo, parece un enfermo de hospital al que animan las visitas. Hay algo parecido a un inhalador en el buró cercano a la cama sin hacer, donde supongo pasó buena parte del día en espera de que llegáramos. El gusto del whisky es amargo.

—¿Qué es lo que quiere? —vuelvo a preguntar.

—Lo sabrá a su tiempo. Por lo pronto, descanse. Cande lo acompaña. Si le hace falta algo, lo que sea, sólo pídaselo. Usted es nuestro invitado, nuestro huésped.

Eso sucede con los enfermos terminales, con quienes la vida parece abandonar, luego de verse animados al instante se sumergen en una suerte de fatiga, convertidos en una ruina de sí mismos. El tipo queda postrado en el sillón. Sigo a Cande por el pasillo del motel. Mi cuarto está sólo a unos pasos, no me gusta el número 19. Un número cualquiera, pintado sobre la pared al lado de la puerta. Cande me da las llaves y dice: "Buenas noches".

Un pesado olor invade la habitación, el olor a amores rancios y sudor de tristezas y arrepentimientos de los cuartos de motel. En la cama donde voy a dormir quedan vestigios del último encuentro de un par de amantes. Apenas tendieron la cama. No me importa. Estoy agotado, la tensión del viaje, Cande y sus historias de *levantones* y asesinatos. Arrojo mi mochila por ahí, busco mi cuaderno de notas para escribir sentado frente al espejo del tocador una rápida versión del encuentro con el personaje que me esperaba, quien me anticipo el despliegue de una serie de narcomantas para esta misma madrugada.

No me gusta encender la televisión de los cuartos, poblar de manera falsa el vacío de las habitaciones con su murmullo electrónico, pero lo hago para buscar en la pantalla el rostro de la Dama de las Noticias. Es justo la hora del noticiario.

Magali Randall sonríe ante los desastres cotidianos, expresa con gestos mecánicos y plásticos, estudiadas emociones frente a los acontecimientos de un país que se cae a pedazos. La escucho anunciar la entrevista con el presidente en funciones, a la que han titulado: "El legado". Después de los comerciales regresa con "el día a día de los candidatos presidenciales, la crónica de las campañas". Una previsible cobertura de actos masivos y discursos huecos que me aburren. Busco el teléfono y marco el número de Monse. Tarda en responder. Desde el lejano planeta de un restaurante del barrio de San Ángel en la ciudad de México, me dice que cena con un par de amigos.

—Luego te cuento a detalle, pero queremos montar la *Ópera de los tres centavos*, de Brecht, un verdadero reto —me dice con ese modo de hablar tan frío que me dedica cuando se encuentra acompañada, como si no quisiera aceptar que del otro lado de la línea está su padre.

—Estoy de viaje —le digo convencido de que eso apenas le importa, de que está acostumbrada a que pase la mayor parte del tiempo metido en lo que su madre llama con un dejo de burla "aventuras de audaz reportero". Ni siquiera pregunta dónde estoy, ni cuándo vuelvo. Me consuelo pensando que para ella mis viajes y mis ausencias son cosa de rutina.

—Cuídate y regresa pronto —de manera seca me indica que mi tiempo ha terminado. No se lo reprocho, cuando se bebe vino y se cena una ensalada griega con queso de cabra a nadie le importa que le hablen desde el culo del mundo, un motel de carretera, cercano a la frontera en San Luis Río Colorado, Sonora.

En la pantalla de la tele no cesan los promocionales de la entrevista con el presidente que llega al final de su mandato. Magali, luce profesional, un tanto fría ante el hombre, que ha empezado a sentir nostalgia por el poder, a quien se mira hablar con decisión a la cámara. La locación es en los jardines de los Pinos. Todo debe ser preciso, una puesta en escena medida, contundente, el "Legado" han llamado al show. El poder elige una versión del país y se convence de que las cosas marchan mejor, el optimismo del autoengaño robustece la confianza y amplía la sonrisa del presidente.

Busco el libro de Tomás Eloy Martínez, esa antología *La otra realidad*. Me cuesta concentrarme en la lectura, no sé bien por qué pero me pareció ingrato apagar la televisión, clausurar la imagen de la mujer de quien alguna vez me enamoré. Al final sólo aprieto el botón de *mute* en el control remoto. Magali siempre me fue más soportable en silencio. De pronto, seguro de manera involuntaria, irrumpen expresiones humanas en ese rostro plastificado por el maquillaje, embellecido con la falacia de un par de cirugías estéticas.

Me siento muy solo, como pocas veces me he sentido en los cuartos de hotel donde he estado. Necesito tender líneas de supervivencia, llamar a quien pueda y decirle dónde estoy. Neto, el jefe de información de *Semana*, responde mi llamada mientras se lava los dientes. Lo imagino en pijama en el baño de su casa, mientras su esposa mira la televisión.

—¿Dónde andas, pinche huevón? —me dice a modo de saludo.

—En la frontera de Sonora y Arizona, en San Luis Río Colorado… tal vez y sale algo interesante para un reportaje.

—No lo dudo, pero ten cuidado. ¿Sabes cómo llaman al pueblo ese?… Narco City.

El buen Neto me da el teléfono de un colega, el corresponsal de un diario a quien recuerdo que conocí hace años en la ciudad de México.

—Si algo se atora —me dice al despedirse—, no dudes en llamarlo.

Ya está, por lo menos saben dónde estoy.

La Dama de las Noticias se despide: "pase la mejor de las noches", dice antes de salir de cuadro andando, mientras la cámara la sigue por el estudio. Un detalle de originalidad deja ver las cámaras y los reflectores preparados para el evento final de su show de cada noche.

Ha sido un día muy largo, tengo la impresión de que desayuné en el aeropuerto de la ciudad de México hace siglos. Leo un par de páginas de mi libro y apagó la luz de la lámpara, sin que me importe demasiado lo que pueden hacer las enormes cucarachas que descubrí en el baño, ni los olores dejados en las sábanas por los amantes que hace sólo unas horas se encontraron en esta misma cama. Trato de olvidarme del tipo que me trajo hasta aquí.

"Tengo una bala para ti".

SEGUNDA PARTE

VIII

GOLPEAN LA PUERTA. Dicen algo que no acabo de entender. Me llaman. Despierto con la angustia de no saber del todo dónde me encuentro, una de tantas habitaciones de hotel, el neutro ambiente de la desolación de los funcionales muebles baratos, la televisión frente a la cama, la puerta de un clóset cerrado… por la cortina se filtra algo de luz en la penumbra de la noche.

Me llaman: "señor periodista".

Respondo mientras trato de incorporarme de vuelta de un sueño que me parece apenas se iniciaba. Siento haber dormido sólo unos cuantos segundos. Estoy en un motel carretero, percibo los aromas dejados por los cuerpos de un par de amantes en la cama, en las sábanas que arrojé al piso junto con el cobertor.

Digo: "un momento", me pongo en pie, abro la puerta. Cande y esa mueca suya, constancia de que perdió la capacidad de reír.

—El jefe lo espera —dice antes de irse por donde vino.

Busco el pantalón de mezclila, la camiseta que traía desprende un tufo a sudor. No hay tiempo de buscar otra en la mochila. Me pongo los mocasines.

Una noche tranquila, las luces de los cuartos están apagadas. Más allá del silencio, adivino el distante sonido del motor de un auto que recorre la carretera, escucho también un rumor de música lejano, como si llegara desde otro tiempo.

La puerta de la habitación está abierta, Cande está por ahí, sentado en un sillón, tal y como recuerdo haberlo visto antes de irme rumbo a mi cuarto. El tipo de la cola de caballo, el apache electrónico, el vampiro rocanrolero, el fantasma enfermo de algo que le provoca una seria palidez, se encuentra sentado frente a una *lap top* encendida.

—Perdón por despertarlo, pero hay algo que me interesa que vea, acérquese.

Una fotografía ocupa la pantalla de la *lap*: una de las narcomantas prometidas. Enorme, blanca, extendida sobre un puente, con las enormes letras negras de su texto:

"Dejen de agitar el avispero. Los dedos van a morirse. Por qué nos atacan. Todos saben quiénes son los corruptos y sus aliados, pregúntenle a los generales".

—Vamos a ir de sur a norte en un recorrido fotográfico que espero no le aburra. Esta manta fue colocada en Tapachula, pero aquí están las fotos de las de Coatzacoalcos, Veracruz, Oaxaca, Chilpancingo, Puebla, San Luis Potosí, Monterrey, Tampico, Ciudad Victoria y más al norte Nuevo Laredo… sólo por nombrar algunas ciudades. ¿Qué le parece?

El tipo sabía lo de las narcomantas horas antes. Tengo la impresión de que trata de demostrar de lo que puede ser capaz alguien que dice dedicarse a organizar fiestas… de *narco terror*.

Nunca me gustó el ajedrez. Apenas aprendí a mover las piezas, tengo que reconocer mi falta de paciencia, siempre voy para adelante, a pesar de poner en peligro a mi reina. Sin pensar demasiado en las consecuencias, pregunto:

—¿Por qué las mantas en territorio del Cartel del Golfo, si estamos en los dominios de quienes por estos rumbos la gente conoce como "los aretes"?, ¿para quién organiza las fiestas?

Al tipo de la cola de caballo le sorprende mi pregunta. Por fin coloco un golpe.

—Ahí está como siempre, con ese afán de ir tras *la nota*. No me equivoqué con usted. Podría haber manejado a muchos periodistas, pero hay algo en sus notas, en su estilo, que me interesó. Además algún colega suyo me dio las mejores referencias.

Sobre el viejo tocador de la habitación, de estilo indefinible, está la *lap*. El tipo se refleja en el espejo, estoy a su lado. Cande permanece más que vigilante al acecho, no le gustó la manera en la que le hablé a su patrón.

—¿Qué colega?, ¿cuáles referencias?… —pregunto a sabiendas de que el narco tiene en la nómina a muchos periodistas. No los censuro. Mejor eso que la persecución y la muerte—. Alguno de ellos —me dijo con amarga sinceridad— que sólo recogía las migajas del pastel devorado por los dueños de los medios.

—No importa, no tiene por qué saberlo —dijo el tipo con fastidio.

Por lo demás, tengo la certeza de que no me buscaron por la fuerza de la revista donde publico, *Semana*, que está en agonía. Una revista de un periodismo que en México apenas floreció para morir de inanición. Tampoco por mis nexos con el poder en cualquiera de sus expresiones. No tengo amigos políticos, tampoco nexos con los grupos de poder económico, no soy un personaje importante en los medios, acaso un soldado desconocido que hace lo suyo lo mejor que puede y punto. Si lo pienso dos veces, la única razón posible para estar aquí, frente al pálido vaquero de la madrugada y sus historias, es que desde hace muchos años estoy dispuesto a morir. Sin llegar a pensarlo vivo en el límite, frente al abismo al que puedo arrojarme en cualquier instante.

—Mire, bueno, mira, voy a entrar en confianza contigo —el tipo se levanta, camina hacia el buró cercano a una de las dos camas que hay en el cuarto y toma ese aparato, parecido a un enorme inhalador—... esto es sólo un juego. Todo es un juego. Soy un jugador y estás aquí porque tú eres otro jugador. Si te sirve de algo la respuesta a tu pregunta es esa, de lo que se trata es de hacerle ruido al enemigo, de calentar sus plazas, de provocar a los generales y a las tropas. Un eficaz golpe político.

El extraño mutante de blanquísimo color, cola de caballo y ojos saltones inhala con fervor. Parece que la vida le va en ello, en el intenso jalón de lo que sea que consume.

—Un golpe político —repito—. Está bien, me voy ahora y cuento que te conocí. Ya está, pero ¿a dónde vamos con eso?

Cande se levanta del sillón. Con algo similar a la ternura, acomoda a su patrón en la cama. Imagino la escena que reproduce el espejo del tocador de este barato motel. Una extraña comedia de tres personajes a quienes liga el narco y sus absurdos. Las narcomantas como un golpe político.

—No tan pronto... además tengo que decirte que de ahora en adelante irás a donde yo quiera, a donde necesite que estés.

—Te agradezco la invitación, pero ya hace rato que ando por la vida por donde me place. Además de que sé elegir a mis amigos… y veo difícil que entres al club.

El tipo palidece aún más, lo veo aspirar profundamente, buscar dónde cobrar algo de fuerza. No me atreví a decirle que de acuerdo con su estado de salud me parece que el único lugar a donde podemos ir juntos es al infierno.

—Viniste por, como dicen ustedes, por *la nota* y vas a tener muchas, sólo que a su tiempo —lo había logrado, se estaba recuperando, lo que le permitió ser imperativo—. Vas a ir a donde diga, te doy la oportunidad de ser un testigo privilegiado de la guerra. Eres el único periodista que estará en el lugar preciso antes de que los hechos ocurran. Luego tomas notas, haces lo tuyo y lo publicas. Todos ganamos. ¿Quién te iba a decir que en San Luis Río Colorado ibas a conocer a un adivino, más bien a un mago que te va a enseñar sus trucos?

Postrado en la cama, con el pálido torso desnudo, el largo cabello atado a una cola de caballo, delgado hasta los huesos, enloquecido por quién sabe qué substancias ingeridas, el tipo era una ruina. Trata de hacer una caravana y luego finge reír de manera estruendosa. Imagino un decadente Santa Claus, al genio de una lámpara de negros prodigios, a un mago hacedor de torcidos trucos, capaz de llenar de narcomantas medio país en los dominios de sus rivales.

—Ahora márchate, descansa, duerme todo lo que puedas —hay algo en la consistencia de la piel de este personaje que recuerda los reptiles. Levanta uno de sus flacos brazos y me indica la salida. Cande sólo mira, sé que tengo que obedecer.

—Por cierto —dice—, puedes llamarme como quieras, a mí me gusta Joe, Joe López.

De vuelta en mi cuarto me tiendo en la cama, me pregunto si el pálido sujeto del cuarto 17 puede dormir, si ha dormido alguna vez. Miro el reloj, pasan de las tres de la mañana, los de las narcomantas actuaron con eficacia. Imagino grupos de dos o tres hombres colocándolas en puntos estratégicos de distintas ciudades. Una operación bien planeada sobre todo si de verdad se realiza en territorio enemigo. ¿Quiénes integran los grupos encargados de colocar las narcomantas? Lo primero es pensar que se trata de las infanterías, las organizaciones criminales, carne de cañón, vidas desechables. Quizá resulta mejor echar mano de los desesperados que se encuentran en cualquier lugar, los miserables capaces de arriesgar la vida por, digamos, mil pesos.

Por lo que vi se trata de una operación coordinada a nivel nacional, de seguro bajo la dirección de un grupo de hombres de confianza, que debe operar de manera regional. Sin duda, hay alguien que planea la operación en conjunto, que decide cuándo y cómo realizarla. Ese alguien tiene medidos los efectos que pueden tener las narcomantas y administra su uso. Es uno de los recursos de que dispone para atacar a sus enemigos, para demostrar su fuerza y generar temor en la sociedad. En los mismos puentes donde ahora colocaron mantas han colgado hombres. La brutal violencia y sus mensajes: los decapitados, los encobijados, los desaparecidos, los ataques con granadas a instalaciones policiacas o del ejército, un carnaval de horrores planeados por sujetos como el pálido demonio del cuarto 17.

De pronto quiero marcharme, tomar la mochila donde metí un par de camisetas, lo indispensable para un viaje rápido y nada más. Si tengo suerte en un par de horas estaré en Mexicali y de ahí de regreso en el primer vuelo a la ciudad de México. Pero estoy atrapado en la pesadilla, en un oscuro devenir de sucesos que presiento. El mago hacedor de las fiestas del narco me prometió un lugar de testigo privilegiado, me dijo que iba a estar en los distintos escenarios de la guerra y sus conspiraciones.

Me pregunto si el tipo de la cola de caballo, el enfermo vaya a saber de qué, duerme alguna vez y si lo hace en qué sueña. Si el infierno está aquí mismo y abre sus puertas para todos, debe haber algunos que lo administran y proveen de sufrimiento. Nada mejor para uno de esos personajes que trabajar para el narco, que como lo dijo él mismo y no lo voy a olvidar, organiza sus fiestas, pero el tipo de la agonía permanente, esa ruina de cola de caballo y puros huesos, no fue engendrado por ningún ser sobrenatural, tampoco cumple ninguna misión metafísica, es sólo otro de los ganadores en esta sociedad, de quienes en la jungla de la vida han logrado erigirse como quienes detentan el poder. Esos personajes responden sólo a la propia supervivencia (y a las leyes del mercado).

Quisiera dormir un rato antes de que Cande aparezca con otra sorpresa. Vuelvo a preguntarme cuáles pueden ser los sueños del tipo de la cola de caballo. Imagino que no cayó a la tierra, ni bajó de un platillo volador. Debe tener un pasado, en algún lugar aprendió a hacer lo que hace, como se quiera llamarlo, guerra sicológica, manipulación del miedo, uso del terror con fines políticos. Las técnicas necesarias para paralizar al enemigo, para propagar el miedo.

Quizá los sueños del personaje de la extrema palidez provienen de sus recuerdos, del idílico pasado de la infancia. Hasta los torturadores fueron niños. Vaya manera de tratar de conciliar el sueño, en lugar de contar ovejas, o recordar amantes, me pongo a imaginar lo que puede soñar el tipo que me tiene en sus manos. Voy a dormir para tratar de despertar con ganas de largarme sin que me importe la trampa que me ha tendido: la información privilegiada de un corresponsal metido en el centro de sus absurdos, de las acciones, de los ataques de su propia guerra.

Quiero dormir y olvidarme de todo, sólo eso, pero no estoy seguro de que pueda hacerlo. Qué me importa lo que sueñe el tipo ese, tal vez sus sueños son como los de las ratas, la pura supervivencia. Si voy a hacer preguntas, mejor vale que me decida a no dormir, a malgastar lo que queda de noche en especulaciones, como ¿qué es lo que busca?, ¿de qué le sirve un reportero cualquiera para propagar el terror?, ¿quién le paga, a cuál de las organizaciones pertenece el solitario personaje que se refugia en este hotel barato en el culo del mundo?, ¿es un hombre poderoso?, ¿ha dejado de serlo?, ¿acaso lo persiguen?

El tipo de la cola de caballo me necesita para algo más que multiplicar los efectos de sus acciones, para eso la televisión y los medios son muchísimo más eficaces. Quizá represento algo así como el relator de sus ataques, el cronista de sus fiestas de horror. Como ocurre con los músicos a quienes un capo cualquiera llama para pedir le hagan un narco corrido, a mí el pálido fantasma, el agónico personaje de la cola de caballo, el de los huesos saltones bajo esa pálida piel, me necesita para que cuente su historia.

IX

VIAJÉ SOLO, Cande fue conmigo a la estación de autobuses, me dio instrucciones de lo que tenía que hacer. A
Hermosillo, a Chihuahua y luego a Ciudad Juárez, horas y horas de carretera en un viaje interminable. Me dio
el teléfono portátil al que me llamó un par de veces para
informarse dónde me encontraba. Me descubrí como un
eslabón más en la cadena de personas y eventos que, sospecho, culminarán en cualquier momento con un episodio
de cruel violencia. Alquilé un auto para llegar al penal de
la ciudad. En la última de sus llamadas, Cande me dijo:
"no pierda tiempo, el jefe quiere que esté ahí muy temprano, la fiesta empieza después de la 7 de la mañana".

Miro el reloj, pasan de las siete y media, justo en ese
momento llega el primer camión militar, luego las patrullas, las ambulancias. Bajo del auto y corro por la avenida
hasta la entrada al penal, estoy ahí antes de que bloqueen
los accesos, de que limiten el paso de cualquiera. Debe
de tratarse de un motín. Nadie sabe quién soy y nadie
me lo pregunta, todo es confusión, los soldados forman
filas en espera de recibir órdenes. Ha llegado también
un destacamento de la Policía Federal en un autobús del
que bajan deprisa hombres con cascos, chalecos blinda-
dos, macanas y armas. Es el primer contingente en entrar

al penal. Les siguen las ambulancias, tres de ellas a toda velocidad.

La confusión se extiende, hombres uniformados van y vienen, un grupo de agentes ministeriales, policías de civil, caminan de un lado a otro sin saber quién da las órdenes. Me confundo entre ellos, no será la primera vez que me diga agente del Ministerio Público Federal, o representante de la Comisión Nacional de Derechos Humanos.

Escucho disparos, una ráfaga de metralleta, luego un pesado silencio. Hasta la puerta del penal llegan los primeros familiares de los internos, quienes por medio de la radio se han enterado de un motín y temen las peores consecuencias. La mayoría son mujeres, las madres, las esposas, las amantes, de los internos privados de su libertad. El llanto, los gritos de desesperación, las sirenas abiertas de las patrullas y las ambulancias que se acercan. Un helicóptero sobrevuela el penal de Ciudad Juárez. Más disparos.

Tengo que moverme rápido, un grupo de policías trata de contener a la gente, por ahora sólo un par de decenas de personas. Corro hacia el acceso del penal cercado por una reja que logro cruzar con un grupo de hombres, supongo que gente de la procuraduría de justicia y del gobierno del estado. Nadie me pregunta quién soy. Sigo adelante en medio de la confusión.

Avanzamos por los accesos de seguridad, por donde también avanza a toda prisa un grupo más de policías federales. No sé hasta dónde podré llegar, pero sigo detrás de la gente de gobierno. Supongo que el hombre gordo, canoso, con cara de espanto, el cabello revuelto, quien trata de dar explicaciones de lo que ocurrió, es el director del penal.

Por fin llegamos a lo que imagino es una aduana de acceso al patio principal, desde ahí miro a un grupo de hombres sometidos por los policías federales, los tienen boca abajo, les apuntan con sus armas. Todo terminó muy rápido, demasiado rápido para tratarse de un motín. Terminan de esposar a los de la última fila, son poco más de veinte. Dudo en seguir adelante, por un momento pienso regresar a la entrada y esperar confundido entre la gente, escuchar lo que ocurrió cuando alguien informe, cuando se cuente entre el personal de esta cárcel surcada por la violencia, los empleados administrativos, los psicólogos, los trabajadores sociales, hasta los custodios, qué fue lo que pasó.

Estoy a punto de marcharme cuando, uno de los hombres que portan radios portátiles, me señala. Avisa a otro, vestido con una chamarra de cuero y pantalón negro, a quien he visto se comporta con la seguridad de los jefes, quienes toman decisiones, el tipo al que el director del penal trataba de dar explicaciones. Le deben informar que estoy aquí, que soy un intruso. El tipo de la chamarra de cuero, cuarenta años con aspecto de quien hace algún deporte al aire libre, bronceado, sólo me mira y sigue con lo suyo.

No me voy a detener, camino deprisa para ser de los primeros en bajar al patio. Miro de cerca a los hombres postrados, la mayoría son jóvenes, muchos cortaron las mangas de las camisolas, otros llevan pantalones y camisas de color beige, de un material diferente al del uniforme. Algunos están tatuados en los brazos y el cuello, en la parte posterior de la cabeza. Camino entre ellos, muchos todavía respiran agitados, veo en sus rostros el temor, la duda. Son apenas veinte, muy pocos para un motín. No veo heridos.

Entonces irrumpe el horror, del fondo del patio, de más allá de donde se encuentran los primeros tres edificios de un par de pisos en los que se encuentran los primeros dormitorios, vienen un par de paramédicos cargando una camilla ocupada por un hombre desfigurado por el dolor. Estremece el modo en que se queja. Sangre por todas partes: en el pecho, el cuello, las piernas, los brazos, en el rostro tumefacto.

Lo atacaron, una riña carcelaria. Tras del primer herido aparecen otros tres. Son los sobrevivientes, los heridos en la refriega. Camino hacia el lugar de donde vienen, a nadie parece importarle lo que haga, nadie me mira, el grupo de hombres vestidos de civil, gente de la procuraduría, del gobierno, permanece a unos metros frente a los hombres que resguardan los policías federales, ahora apoyados por un grupo de soldados. El helicóptero con las siglas de la Policía Federal continúa sobrevolando a baja altura, como si alguien desde lo alto hiciera un recuento de los daños. No hay vestigios de algún incendio perpetrado con colchones y ropa, no hay vidrios rotos en ninguna parte, tampoco he visto muchos custodios, tal parece que se hubieran replegado. Entre los heridos que pude ver, nadie usaba uniforme. Lo ocurrido no fue un motín.

Hay imágenes que jamás se olvidan, te persiguen, forman parte de la galería de tus temores. Los cuerpos yacen dentro de las celdas postrados en las camas, en las regaderas de los baños, en los pasillos. El olor de la sangre se mezcla con el del sudor y el tufo a encierro de todas las cárceles. Camino entre los cuerpos con el propósito de encontrar a alguien vivo. Algunos de los cadáveres están mutilados, los atacaron con saña. Creo escuchar un quejido, el llamado de un agonizante en un apagado murmullo. Al fondo, dentro de una de las celdas del primer piso, un hombre en posición fetal se sacude con lentos espasmos. Miro en la pared de la celda la imagen de un sagrado corazón, el escudo del equipo de futbol América, un pequeño televisor y los trastos de la comida diaria, algunas ropas colgadas de un mecate. Sobre un charco de sangre hay otros dos cuerpos. Me acerco al hombre, tiene la mirada perdida en el lejano horizonte donde la vida se confunde con la muerte. Dice algo, le pido calma, no sé cómo ayudarlo, ni qué hacer, cómo parar la sangre que mana de su pecho. "Fueron los Aztecas".

Escucho voces, los paramédicos han vuelto, salgo de la celda y los llamo: "aquí hay uno vivo", me escucho decir con una voz que me parece ajena. Los veo actuar, no pierden el tiempo en preguntarme quién soy, ni lo que hago aquí, se llevan al herido. Me quedo inmóvil por un rato, a la mitad del pasillo, reconociendo los efectos del ataque. Hay por lo menos diez cuerpos tendidos. Un eficaz ataque perpetrado por los Aztecas, pandilla al servicio del Cartel de Juárez, capaces de controlar la mayor parte del mercado callejero de drogas en Ciudad Juárez y en El Paso.

Un ataque. No resulta fácil sobreponerse a tanta muerte, a la tensión y el dolor que paraliza. Trato de caminar, tras de mis pasos queda un rastro de sangre, las huellas de mis mocasines, toscas, informes, me traen de regreso del pasmo. Vuelvo a los baños, recorro la hilera de las tazas, el olor a mierda me provoca náuseas. Descubro en un rincón oscuro decenas de *puntas*, esos trozos de metal robados de donde se puede, que en las cárceles se convierten en armas.

Es suficiente, busco la salida, dejo atrás los muertos, el rastro de sangre de mis propias pisadas. Mientras trato de limpiar mis zapatos en un pequeño prado veo venir a los hombres de la procuraduría. Han llegado también algunos peritos, que usan batas blancas, cargan maletines y cámaras fotográficas. Los veo entrar a la escena del crimen donde los esperan las víctimas del ataque de l os Aztecas.

X

Ha sido un día muy largo. Está por comenzar la conferencia de prensa convocada por la Procuraduría de Justicia en sus instalaciones, lo suficientemente lejos del penal para evitar dudas y perspicacias entre los reporteros
que abarrotan el lugar. Algunos de ellos estuvieron a las
afueras de la cárcel todo el día en espera de información,
realizaron las entrevistas que pudieron, sobre todo con
los familiares de algunos internos, quienes esperaban an-
siosos una explicación de lo que había pasado.

A lo largo del día escuché distintas versiones sobre
la causa de los homicidios. El único custodio con quien
pude hablar, un tipo sesentón, que se veía demasiado tranquilo como para haber presenciado los hechos, insistió
en que se había tratado de una riña.

—El pleito por el control del penal entre bandas rivales
—me dijo uno de los policías ministeriales, convencido de
que trabajaba para la Comisión de Derechos Humanos.

El director del penal salió del lugar rodeado por un impresionante cerco de seguridad. A los detenidos, los cul-
pables del ataque, los subieron esposados a uno de los
autobuses de la Policía Federal Preventiva y esa misma
mañana los trasladaron en avión al penal de alta seguridad de Puente Grande, en Guadalajara.

Ninguno de los detenidos aceptó hablar conmigo. En cuanto regresé al patio donde permanecían cautivos me acerqué a varios de ellos, traté de abordar al más viejo, quien tenía un tatuaje de la Virgen de Guadalupe en uno de sus musculosos brazos. Sólo me miró con desprecio cuando le pregunté lo que había pasado, era un veterano de las pandillas curtido en la calle, quizá uno de los líderes, tal vez quien había dado las órdenes. El tipo escupió a mi lado cuando insistí. Busqué a otros, tres o cuatro más de los hombres vigilados por la policía y los soldados, pero nadie quiso decir nada. Habían cumplido con el ataque, asesinando a sus rivales y eso era todo.

A los internos del penal los confinaron en una zona restringida a la que me fue imposible entrar. Un cerco de custodios armados había recibido la orden de no permitir el acceso a nadie que fuera ajeno al penal, ni la policía, ni el ejército, ni la gente de la procuraduría podía entrar en el dormitorio número 7, situado al fondo, el más alejado. Quien tenía el verdadero control demostraba su poder. No quería más muertos, tampoco a desesperados presos contando lo que sabían.

Vagué por el interior del penal, que parecía deshabitado, soldados y policías seguían por ahí, lo mismo que algunos peritos. Era uno más de los desconocidos que habían entrado a la hora de la crisis y a nadie parecía importarle a donde fuera, siempre y cuando estuviera lejos de donde los internos se encontraban aislados. Los habían desalojado de los demás dormitorios con el pretexto de evitar que la violencia se propagara.

Tuve suerte al toparme con la clínica, un local con un par de consultorios cerrados y un área con tres camas, un cuarto habilitado como una modestísima sala de hospital donde habían olvidado al único de sus ocupantes, un viejo que en cuanto me vio entrar sonrió con las últimas reservas de ánimo que le quedaban esa mañana de muertos en la cárcel. Estaba tendido en la cama, vestía sólo un camisón azul y tenía la pierna derecha suspendida en el aire, cubierta por una bota de yeso.

—¿Dígame por favor qué fue lo que pasó? Escuché los disparos, el helicóptero, todo eso, pero no puedo moverme. La enfermera que estaba de guardia se fue y me dejó aquí.

—No se sabe muy bien, los Aztecas atacaron… —respondí.

—Por fin lo hicieron —dijo el viejo, pelado a rape, con el rostro flácido y una triste expresión de enfermo. No sólo era la fractura del pie, tal vez un mal hepático provocaba el tono cenizo de su piel—. Ya se veía venir. Los tenían amenazados.

—Eso fue, hubo muchos muertos —dije mientras miraba la maleta de viaje que estaba al borde de la cama. Una vieja maleta en la que de seguro el hombre guardaba sus pocas pertenencias.

¿Y usted quién es?, ¿me va sacar de aquí?

Podría haberle dicho que era policía, Ministerio Público Federal o representante de la Comisión Nacional de Derechos Humanos, cualquier cosa, pero en mi oficio algunas ocasiones es mejor decir la verdad.

—Soy periodista.

—Llevo metido en la enfermería varias semanas, pero todo se sabe. Desde hace tiempo se pelean los negocios de la cárcel, es mucho dinero lo que dejan las drogas, la prostitución y hasta las tiendas donde venden de todo.

—¿Quiénes se pelean esos negocios? —pregunté.

—Le va a parecer un comentario de viejo, pero eso soy, ni siquiera la cárcel es como antes. Tengo muchos años aquí. Soy un *pagador*, me echo encima las culpas de otros, traigo una sentencia de más de 120 años por tres homicidios.

—¿Por qué la cárcel ya no es como antes?

—Ahora está cabrón, muy cabrón, quienes mandan son las pandillas. Chavos a quienes no les importa nada más que la droga. Están mal, muy dañados. Las pandillas sólo ejecutan órdenes de los meros jefes, los pesados de los carteles.

—Por lo que sé los Aztecas atacaron a sus rivales —hasta ese momento sólo había hablado con un moribundo y con ese veterano de la vida carcelaria, sin duda las mejores fuentes de información para asomarse a la vida subterránea de la cárcel.

—Así tenía que acabar. ¿Cómo fue? ¿A cuántos mataron?

—No conté los cuerpos, pero eran más de veinte, estaban en uno de los dormitorios de la entrada.

—En la zona de Observación. Lo planearon bien, ahí tenían a los de la pandilla rival de los Aztecas, a los Artistas Asesinos. Según el director del penal, José Sánchez y el jefe de custodios, ese infeliz al que llaman el Puerco, los tenían ahí por su propia seguridad.

—Los atacaron con *puntas*, debió de ser muy temprano, hoy en la mañana.

—Los Aztecas estaban del otro lado del penal, en la zona de alta seguridad. Ahí se llevaron a los de la pandilla de los Artistas Asesinos para matarlos. Seguro quienes abrieron las puertas para que los Aztecas pudieran entrar a la zona de Observación fueron los mismos custodios.

El control del penal y sus negocios estaban asegurados. A nadie le importaban las bajas sufridas, el enemigo había sido aniquilado. Algunos de los Aztecas, al fin carne de cañón, habían sido trasladados a un penal de alta seguridad lejos, acusados de homicidio. Podía apostar a que el director del penal se mantendría en su puesto luego de una investigación amañada, también a que quien dio la orden de confinar a más de 70 internos en el dormitorio 7 fue el Puerco. El Puerco daba las órdenes en el penal de Ciudad Juárez.

La conferencia está a punto de comenzar, entre los hombres que se sientan frente a cámaras y micrófonos está el tipo de la chamarra de cuero, de quien pregunté a uno de los colegas reporteros el nombre y el cargo.

—Es el subprocurador de investigaciones especiales, Mauricio Gálvez —me dijo un chavo, Alberto, con quien me tocó esperar un buen rato afuera del penal para la versión oficial de los hechos. Alberto escribía para un diario local, además de ser corresponsal para una pequeña radiodifusora de El Paso. Transmitió información varias veces a lo largo del día. Sus reportes eran limitados, una escrupulosa síntesis de los hechos, el número de muertos y heridos, los detenidos después de lo que llamó "un motín", alguna declaración de los familiares de los internos. Todo muy superficial, nada más allá, hasta conocer la versión oficial y difundirla sin hacer preguntas.

Tuve que llevar al viejo a las oficinas del penal, era absurdo que nadie quisiera hacerse cargo de él. No podía abandonarlo en la enfermería o dejarlo a su suerte con un grupo de solados y policías. Sabía que al cruzar la aduana del penal iba a quedarme fuera, pero no tenía alternativa. El viejo trataba de caminar arrastrando el yeso en su pierna derecha, apoyándose en mi hombro, mientras yo cargaba su maleta. Así cruzamos el penal que parecía encontrase en estado de sitio.

Tuve suerte. Una trabajadora social, a quien no le importó demasiado la explicación que le daba un supuesto Ministerio Público sobre el hombre que había encontrado en la enfermería, se hizo cargo de don Pepe, a quien debía conocer bien.

No había mucho que hacer en las oficinas, imposible hablar con quienes ahí trabajaban, era como si hubieran pactado mantenerse cerca los unos de los otros y no conversar con desconocidos. Tomé la decisión de salir, de buscar algo más de información entre los familiares de los reclusos, tal vez con alguno de los paramédicos que había visto que sacaron de la zona de Observación a los sobrevivientes.

De pronto sonó el teléfono, la verdad ya esperaba esa llamada.

—No te voy a decir lo que pasó —dijo el tipo pálido a quien imaginé tumbado en su cama del motel—; lo viste con tus propios ojos. Te llamo esta noche, quiero que conozcas a alguien.

No tuve tiempo de decir nada más, de preguntar sobre el ataque, de pedirle a López que moviera los hilos necesarios para que pudiera entrevistar al jefe de custodios, a quien podía imaginar porque llamaban el Puerco. El tipo colgó. Me enojó comprobar que me había convertido en una pieza más incrustada en un juego de horror y muerte.

Todo está listo para que la conferencia de prensa comience, el procurador de Justicia, a quien llaman el Chico García, un oscuro personaje, abogado de narcos, convertido en fiscal, espera su turno para tomar el micrófono. Se le ve apesadumbrado, la jornada ha sido larga, la versión de lo ocurrido en el penal por la mañana que dará a conocer supongo que no acaba de cuajar.

Una mujer, rubia y sofisticada, y que hace un rato me enteré de que es la encargada de prensa de la Procuraduría de Justicia, Jazmín no sé qué, a quien los compañeros llaman Jaz, nos advierte:

—Debido a que la investigación de los incidentes del penal de Ciudad Juárez se encuentra en curso, por esta vez no habrá preguntas después de la intervención del señor procurador.

Jaz conoce su oficio, mira a las cámaras con la fría dulzura de las profesionales. La advertencia provoca chiflidos y abucheos de los colegas que no se conforman con el boletín de prensa y las declaraciones de los funcionarios, aunque son pocos quienes no se atrincheran en su propio miedo, la mayoría ha sabido adaptarse, sólo dar la versión oficial, aunque sea una clara tergiversación de los hechos. No los culpo, en muchas ciudades del norte del país, donde se erige el poder fáctico del crimen organizado, la autocensura, la mordaza del miedo colocada con impotencia y coraje, es un recurso necesario de los periodistas para sobrevivir.

—Buenas noches —dice el Chico García, con la delgada voz que habita en el corpachón de algunos gordos—. Los hechos ocurridos esta mañana en el penal dejaron un saldo de 21 personas asesinadas y 5 heridos. Tres de los cuales se encuentran en estado de gravedad. De acuerdo con nuestras investigaciones, la riña se verificó antes de la siete de la mañana, cuando integrantes de una pandilla atacaron a los de un grupo rival. Las muertes que tenemos que lamentar fueron provocadas con armas punzocortantes, hechas por los mismos internos. El control del penal ya fue tomado por las autoridades federales. Los presuntos responsables de estos crímenes fueron trasladados al penal de Alta Seguridad de Puerta grande. La investigación de estos hechos está a cargo de la PGR, la Procuraduría de Justicia del estado de Chihuahua coadyuvará oportunamente en esa investigación. Buenas noches.

Juan Acevedo, el director del penal, escuchó al procurador con la expresión de los veteranos jugadores de póker. Parece resignado a enfrentar la tormenta, a caminar entre el fuego de las acusaciones y salir bien librado. No es la primera vez que se le señala como responsable de haber generado una red de corrupción y complicidades para mantener el control del penal. El año pasado se fugaron diez reclusos una fría madrugada de diciembre. De acuerdo con el video que registró los hechos, salieron por la puerta de la prisión escoltados por un par de custodios que, hasta el momento, se encuentran desaparecidos. Corre el rumor de que uno de los fugados es un personaje clave en la organización de la pandilla de los Aztecas, uno de sus poderosos jefes.

Algo debió pasar para que el Chico García tuviera que aceptar públicamente que la investigación de la masacre en el penal la realizaría la PGR. Una investigación que por lo menos le resulta incómoda.

Las cámaras de televisión, por lo menos una docena, empezaron a ser desmontadas, los reporteros que esperaban algo más de información no se resignan a marcharse, siguen por ahí reunidos en corrillos. Siempre hay alguien, sólo hay que tener paciencia. Alguien que se acerca y te dice lo que sabe. Alguien en quien no confías pero a quien tienes que escuchar. Es cuestión de saludar algunos colegas y esperar, conversar con otro y esperar.

Jaz, la rubia, hace su trabajo, lejos de marcharse supervisa la mecánica entrega de boletines de prensa con las escuetas declaraciones del procurador. Los boletines van acompañados por una serie de fotografías y un video convenientemente editado, donde lo más impactante son las imágenes de cuando los detenidos suben al autobús de la Policía Federal Preventiva bajo custodia.

—Hola, ¿te acuerdas de mí? —dice la muchacha, con el micrófono de Telenoticias en la mano. Ni a ella ni a mí nos importa si la recuerdo o no, o siquiera si la he visto alguna vez en mi vida. Es alguien venido de parte de quién sabe quién a decirte de dónde vienen los tiros y qué pudo pasar.

—No, aunque me dan ganas de recordarte —finjo morder el anzuelo, a pesar del cansancio, de las ganas de irme a buscar un hotel y comer algo.

—Yo te conozco, conozco tu trabajo —la chica no pierde su tiempo, para qué invitarme a cenar, para qué un poco de esa coquetería que iba a disfrutar aunque la supiera falsa. Después de todo, el amor siempre es una forma de engaño, de suplantación, pienso doce horas después de que la pesadilla del penal comenzó.

En medio del barullo del final de la correspondencia de prensa, mientras la gente pasa a nuestro lado, la chica del micrófono de Telenoticias me dice en tono de confidencia:

—Los mataron por venganza, fue una venganza de la gente de la Línea. Investiga por ahí.

Antes de marcharse, la muchacha anota al reverso de su tarjeta de presentación (Laura Islas, reportera. Telenoticias) su teléfono celular y me propone desayunar juntos mañana temprano.

La Línea. El antiguo grupo de choque del Cartel de Juárez. Sicarios con placa.

Antes de salir del pequeño auditorio donde se realizó la conferencia de prensa busco con la mirada a Jaz. Algo tiene esa rubia que me atrae, el imán de los polos opuestos. Ni siquiera me mira cuando trato de sonreírle.

XI

CAMINO POR UNA ANCHUROSA calle vacía, es de noche, hace frío, mi vieja chaqueta de piel, desgastada por los años, de un sospechoso color café sucio, apenas me cubre. No encuentro un solo taxi. Miro el reloj, son casi las once de la noche. Me encuentro con un puesto ambulante de *hot dogs*. Aunque los odio, devoro un par y una coca-cola antes de seguir adelante. Por fin encuentro un taxi, tengo la suerte de que se detenga. No recuerdo el nombre de ningún otro hotel que el viejo Pabellón. Le digo al chofer que está cerca de la Plaza de toros.

Después de registrarme en el hotel, luego de subir por un elevador que rechina y da la impresión de venirse abajo, entro a mi cuarto, el 520, en el quinto piso. Lo primero que hago es correr las cortinas para encontrarme a lo lejos con las luces del desierto, las provenientes de los barrios perdidos en la inmensidad de la miseria. Prefiero ese cruel paisaje a la estrechez de cualquier cuarto, a la monótona tristeza de los muebles funcionales, a las frías camas donde (casi) siempre duermo solo.

Busco el teléfono portátil que me entregó Cande, no hay llamadas perdidas, Me doy una ducha y trato de dormir. Quisiera tener la certeza de que mañana estaré aquí, de que voy a seguir con la historia de la lucha por el control del penal. Busco en la bolsa interior de mi chaqueta de cuero la tarjeta de la reportera. Quizá la llame, lo cierto es que con quien quisiera volver a encontrarme es con la rubia Jaz. Free Jaz.

El teléfono portátil suena con insistencia, vibra sobre el buró, cerca del libro de Tomás Eloy Martínez, al que esta noche temo que voy a dejar plantado.

La llamada es del tipo que mueve las piezas de un perverso juego desde un motel en San Luis Río Colorado. Pregunta dónde me hospedo. Le digo el nombre del hotel.

—En diez minutos un taxi pasará por ti. No te preocupes, es gente de confianza, sabe a dónde llevarte —me dice como si se tratara de ir al súper a comprar cigarros.

En cuanto puedo, salgo de la habitación, prefiero bajar por las escaleras que quedarme atrapado en el elevador.

La recepción del hotel luce solitaria, se escucha el rumor de una televisión encendida al fondo de la oficina donde debe dormitar el encargado. Salgo a la calle para toparme con el viento frío de la madrugada. A la distancia, un taxi enciende y apaga sus luces, se pone en movimiento hasta llegaren frente de donde lo espero. Subo convenciéndome de que no tengo nada que perder, se han tomado demasiadas molestias conmigo. Supongo que el tipo pálido, aquel hombre enfermo, quien organiza las fiestas de los narcos, como dice, me necesita. Le hace falta el cronista de sus hechos: el complot de las *narcomantas*, las muertes del penal. Una estrategia de terror que empiezo a comprender.

—Buenas noches —saludo al chofer quien apenas me responde. Ni siquiera me mira, conoce bien las reglas que se tienen que seguir para mantenerse con vida.

Mientras recorremos las calles de la ciudad pienso que a Juárez la cubre un manto oscuro donde se prodiga el mal, cuando el mal es la impunidad, el crimen, la violencia. Una dosis de ese mal puede tocarte en cualquier momento, por eso las calles lucen solitarias a cualquier hora del día y de la noche. En la ciudad de los muertos los vivos tienen miedo.

Los retenes, el despliegue del Ejército, la vigilancia de la Policía Federal, las patrullas… la ciudad más violenta del mundo es también la más vigilada. Las ejecuciones, los homicidios, se multiplican en una espiral de violencia para la que no basta la explicación del enfrentamiento de los carteles por la plaza. Me pregunto cuál es el motivo de la masacre en el penal. Los Artistas Asesinos estaban liquidados antes de morir, los habían llevado al matadero, los mantuvieron aislados en la zona de Observación, hasta que llegó la orden de asesinarlos.

Conozco esta zona de la ciudad, Lomas de Poleo, cerca de aquí, aunque ya en pleno desierto, fueron encontrados algunos cuerpos de mujeres asesinadas, el feminicidio es una de las tantas expresiones de la violencia que en esta ciudad se prodiga. Los *levantones* y las ejecuciones exhiben su capacidad destructiva, pero otra forma de cruel violencia es la pobreza, así como la realidad de un futuro clausurado para la mayoría de los jóvenes de Juárez.

En alguna ocasión, cuando realicé uno de los primeros reportajes para Telenoticias sobre los asesinatos de mujeres en Ciudad Juárez, una fría tarde de febrero iluminada por el sol de las postrimerías del invierno, se desataron los vientos y los vientos trajeron la basura acumulada en el desierto. La calle estaba cubierta por lo que el viento pudo arrastrar, papeles, envolturas, trozos de tela de distintos colores, borra usada en vaya saber qué procesos industriales en las maquiladoras… los restos del naufragio de una ciudad donde los sueños de muchos que han venido a la frontera en búsqueda de una mejor vida terminan por encallar.

El taxi se detiene, algo me dice el chofer, un hombre mayor, de pelo cano, quien permaneció en riguroso silencio todo el trayecto y apenas se atrevió a mirarme a través del espejo retrovisor:

—Camine derecho por esa calle de enfrente, alguien lo espera en la casa quemada —debe ser así, una sombra que conduce. Nadie.

Bajo del taxi para toparme con un intenso olor a pegamento, debe de tratarse de alguna fábrica que aprovecha la madrugada para lanzar al aire turbias emanaciones. Levanto las solapas de mi vieja chaqueta de cuero. Camino en la penumbra que provoca el neón del alumbrado público. Distingo a lo lejos un grupo de hombres conversando fuera de un auto, son cuatro o cinco, por aquí debe operar una *tiendita* del narco callejero y esos chavos deben vigilarla.

Supongo que alguien les avisó que atravesaré por sus dominios, quizá el mismo taxista. Me miran con recelo. Para ellos, el tipo de lentes, quien camina a toda prisa y apenas los mira, es una amenaza, un desconocido del que hay que desconfiar. No debería estar aquí y menos atreverse a caminar por su territorio. No importa quién pueda ser, un periodista, un policía, un cliente extraviado en busca de algo para poder pasar la noche.

Miro la casa quemada, los restos de la pintura amarilla de su fachada brillan bajo un poste de luz. La casa aparece al final de la calle, es la última de estas casas de barrio pobre, construidas contra todo pronóstico, erigiéndose más allá de los precarios empleos y el encarecimiento o de plano la ausencia de los servicios más elementales como el agua, la electricidad.

Fuera de la casa hay montones de basura, tras de la verja que cruzo, enmohecida, deteriorada, me topo con una galería de desperdicios. Una rata corre a toda prisa justo bajo mis pies, el inesperado encuentro con el bicho me paraliza. Decido hacer el mayor ruido posible a cada paso para evitarme otra desagradable sorpresa. Sólo queda el marco de la puerta de entrada, lo cruzo como si entrara a otra dimensión, a la dimensión del abandono. Me puedo topar con cualquier cosa, un par de ejecutados, un decapitado, una más de tantas mujeres asesinadas. El terror es planeado, urdido como una pesadilla de un tipo que agoniza con todos sus males a cuestas.

En la penumbra distingo a alguien sentado sobre un montón de escombros. Lleva una chamarra deportiva de color guinda con capucha. Espera con paciencia, ni siquiera me mira, sigue con la cabeza inclinada, el cuerpo en una posición de recogimiento, encorvado, sujetándose las piernas con las manos.

No sé qué puedo decirle al sujeto que quizá me espera con la bala que me tiene reservada el fantasma perdido en el laberinto de perversas elucubraciones y juegos. Puedo morir aquí mismo. Un tiro. La historia puede ser alucinante, una historia donde se involucre a un periodista chilango asesinado en Lomas de Poleo.

—Lo estoy esperando —dice el muchacho, es sólo un muchacho—. Me pidieron que buscara un lugar discreto donde pudiéramos hablar —me pregunto por qué no eligió el solitario bar de mi hotel, o cualquier otro lugar donde por lo menos pudieran encontrar el cuerpo del periodista asesinado—. Voy a ser directo con el encargo.

Le voy a decir lo que sé. Lo de los muertitos en el penal fue sólo un pretexto. Nada más.

La capucha cubre el rostro del muchacho. Habla con la mirada puesta en el horizonte de las paredes quemadas del lugar, lleva barba, una piocha sobre el mentón y los labios. En la penumbra alcanzo a distinguir los escombros, los restos de la vida que transcurrió en esta casa, un sillón desvencijado, por ahí tumbado sobre el piso un colchón sobre el que quizá alguien duerme cuando encuentra refugio en la casa abandonada. Supongo que a la casa le prendieron fuego por venganza, para cobrar una deuda, para hacer efectivas las amenazas de extorsión, para aniquilar a los rivales de otra pandilla.

—¿Un pretexto? —pregunto lo obvio para tratar de mantener un mínimo control de la situación, pero el muchacho que tengo a mi lado es implacable, no va a ceder resquicio alguno, no va a tolerar mis preguntas.

—Los muertos eran de los doblados, los Artistas Asesinos. No eran de peligro. Estaban controlados. Me dijeron que tenía que decirle a usted la neta, la verdad. Lo que sé. —el muchacho se toma su tiempo para seguir adelante, me mira de soslayo. El *piercing* que lleva, una pequeña argolla sobre la aleta izquierda de la nariz, brilla en la oscuridad—. Fue un pretexto para demostrar quién manda, quién puede aumentar la cuenta de los muertos cuando se le dé la gana. Quién tiene el poder en las calles y hasta dentro del penal. Quién manda en esta guerra.

La guerra… ¿cuál guerra? ¿La del gobierno en contra de los narcos?, ¿o la de los narcos por el control de Ciudad Juárez?

Una guerra con miles de muertes y el saldo del terror impuesto a una ciudad.

—Le voy a dar un nombre: Uriel... ¿sabe quién es? Era director operativo de la policía municipal. Impuso el control sobre la Línea, sobre las pandillas. Un personaje pesado. Tan pesado que desde la cárcel en que lo tienen en El Paso da las órdenes. Todavía tiene poder, mucho poder. Esta no va a ser la última masacre en la ciudad. Hay que demostrar la fuerza a los militares. Los arreglos vienen después.

El muchacho se toma su tiempo para levantarse, empieza a caminar rumbo a la salida, evita la basura, los escombros. De pronto da la vuelta, se despoja de la capucha con un gesto enérgico. La luz que alcanza a entrar desde la calle, la pálida luz del poste fuera de la casa, apenas ilumina su rostro, un rostro común, lleva el pelo a rape...

—Usted habló con un muerto —dice con frialdad—. Es una vieja regla, los que saben demasiado mueren pronto. No sé quién sea, un policía, un militar encubierto, un agente de la DEA, un periodista, lo que sea o quien sea... nos vemos en el infierno.

XII

EL TAXI ME ESPERABA. Al verme, encendió y apagó las luces antes de avanzar hasta donde me encontraba. El viaje por las solitarias calles de Juárez transcurrió deprisa. Uriel era quien mandaba, me dijo el muchacho. Recordé algo de aquella información, al ex director de la policía lo detuvieron con un cargamento de una tonelada de mariguana en El Paso, Texas, cuando trataba de venderla. Uriel Hernández, creo que así se llamaba...

Bajo la ducha, me abandono al contacto del agua caliente, me relajo, trato de descansar, de poner distancia al vertiginoso ir y venir del último par de días. Quisiera dormir de un jalón 12 horas, pero la tensión con la que cargo se impone con la amenaza del insomnio, esas negras horas perdidas sin reposo, agobiado en las enormes camas de hotel. Una rutina que desprecio y de la que intento escapar.

Llamo a la recepción para encontrarme con la grata sorpresa de que el restaurante del lugar ofrece servicio las 24 horas. Tengo hambre, los hot dogs de hace un rato eran miserables.

Me propongo un recuento de lo ocurrido en la masacre del penal. Busco la libreta en mi mochila para tratar de armar lo que llamo el andamiaje de la historia por contar.

Ese reportaje que mañana mismo escribiré para *Semana*, justo el día del cierre.

Aguardo con impaciencia unos pepitos y la coca-cola que pedí. Tengo una versión distinta a la oficial, al del enfrentamiento entre pandillas por el control de los negocios de la cárcel. La masacre fue un acto de terrorismo, planeado y ejecutado, una demostración de fuerza ante los operativos militares. Cualquiera que se atreviera a disputar el control de Ciudad Juárez, punto estratégico, por su ubicación geográfica y su infraestructura, para el almacenamiento y el trasiego de drogas, podría terminar masacrado.

Llaman a la puerta, es un mesero con cara de desvelo dice :"buenas noches", trata de ser amable a pesar del cansancio acumulado. En cuanto se marcha empiezo a comer. Algo me ocurre con el tiempo, tengo la impresión de que para mí transcurre de manera paralela al de los demás, mis días y mis noches pueden prolongarse más allá de cuando el sol se oculta o amanece. Pasan de las dos de la mañana. Estoy cansado, en cuanto termino de comer apago la luz y me tumbo en la cama. La carne del pepito estaba dura, un insípido bistec de plástico que espero digerir sin problemas. El teléfono portátil que me dio el fantasma de San Luis Río Colorado debe estar por ahí, sobre el buró de lado izquierdo de la cama donde dejé las cosas que traía en los bolsillos, una pluma barata, mi propio teléfono y las llaves de mi departamento. Lo busco para apagarlo. Trato de desconectarme, pero es imposible, en cuanto apago la luz pienso en Uriel Hernández, necesito atar algunos cabos, por lo menos tener algo más de la historia del ex jefe policiaco para relacionarlo con quien planeó el golpe en el penal. Además está el procurador de justicia, el Chico García, a quien no le gustó perder el control de la investigación. Por otra parte no hay duda de que gente de la Procuraduría sabe quién soy y a lo que he venido. Tampoco de que el director del penal en todo memento supo lo que iba a ocurrir.

Necesito desconectar mis enchufes con la realidad, irme lejos de Juárez y la tensión de la guerra que día con día se vive en esta ciudad. Busco el libro de Tomás Eloy Martínez que traigo conmigo, abro sus páginas al azar y de nuevo me topo con el breve ensayo sobre la presencia de Dios. Estoy sorprendido. Ahora hay pruebas de que Dios se marchó y nos dejó solos. En lugares como Ciudad Juárez su ausencia cobra distintas formas de crueldad y violencia. Dios no está con nosotros, estamos solos con su vacío y nuestra desesperación.

Apago la luz, cierro los ojos, trato de dormir...

XIII

El viejo sueño de tu piel me reconforta. Te recuerdo, necesito de ti. No puedo olvidarte. Es una necesidad física, necesidad de tu cuerpo, de tus caricias, de tus besos, de tu sexo y su sabor. El sabor del elixir de la vida emana del centro mismo de la mujer. Debes estar lejos, del otro lado del planeta, tu ausencia me persigue, es como un gato negro que se cruza en el camino, como el espejo roto y los siete años de mala suerte. Me invento tareas y quehaceres, como un caballero andante pasado de moda deshago entuertos y reclamo justicia con la impresión de que eso es mejor a echarme en una cama abandonado a la resignación de haberte perdido. Te escribo otra vez y como siempre, pese a los años, a todas las existencias consumidas en mis días de vida, pese a las mujeres que he amado. Te escribo con la pasión de ser siempre tuyo. Te escribo una enésima carta para el olvido.

Miro el reloj, las tres de la mañana y el día no termina. Por salir del agujero donde me encuentro, por librarme del tedio y tratar de relajarme enciendo la televisión, vago por partidos de futbol celebrados del otro lado del mundo, por absurdos *reality shows* donde desesperados luchan por un instante de fama; me topo con un video de Bob Dylan que celebro, una vieja canción del profeta sesentero; en una vieja película descubro las dotes de la plástica sensualidad del porno *soft*… Me siento solo cuando miro un fragmento del capítulo de aquella serie de la tele del siglo pasado, *Mi marciano favorito*, en el nostálgico blanco y negro. Sigo con el *zapping* hasta que la pantalla me presenta la sonrisa de cera de la Dama de las Noticias, Magali Randal, mi ex Maga, la amante que perdí, la madre de la Monse, entrevista al presidente. Un presidente de salida, en el último tramo de su mandato, a meses de convertirse en uno más de esos tlatoanis jubilados, que no se resignan al olvido.

El presidente sonríe con malicia, no puede ocultar lo que siente por la Randall, quisiera que todo termine pronto, encontrar el momento para insinuarse con ella. A los hombres de poca estatura las rubias les imponen, sobre todo si hay en ellas cierta sofisticación, dosis de belleza comprada, atribuible a la cirugía y los más caros afeites, cosméticos y perfumes.

Dónde irá a parar la entrevista anunciada con bombo y platillo en Telenoticias, esa exclusiva envidiada por todos los medios: El adiós del presidente. Subo el volumen para escuchar la primera de las previsibles preguntas de Magali. Imagino a Carlos, el apuntador, con su cuestionario en mano, con las preguntas autorizadas por media docena de asesores, antes de convertirse en el libreto de esta puesta en escena, montada con cámaras y micrófonos en los Pinos.

Las preguntas son previsibles, se trata de una entrevista cómplice, pactada con el poder. Las respuestas sorprenden: la lucha en contra del narco está a punto de ganarse, los muertos, decenas de miles en estos años, son resultado de pugnas por los territorios ya arrebatados a las poderosas bandas del crimen organizado. Los logros en capturas, decomisos y desmantelamiento de bandas no tienen precedente.

El hombre debe hablar de otro país, un país lejano, a millones de años luz de Ciudad Juárez, la ciudad de los muertos.

Los empleos sobran. México encaró la crisis económica mundial de manera ejemplar. Ahí esta la evidencia de los miles de trabajadores que pagan cuotas del Seguro Social. En el pujante país imaginado por los publicistas presidenciales ni la salud, ni la educación, ni la pobreza son problema. Los datos, las estadísticas, desmienten a la realidad y sus miserias.

En cuanto a la democracia, se ha consolidado el sistema de partidos, eso es cierto, las ideas que hacían diferentes a izquierdas y derechas quedaron pulverizadas. Lo que se impone es el pragmatismo, la sorda lucha por el poder y los negocios que se promueven a su sombra.

La crisis, en cualquiera de sus expresiones, económica, política, de seguridad pública, esta superada según el presidente.

La misma Magali se ve sorprendida, no puede ocultar la inquietud tras del gesto plástico de periodista inteligente, de seguro ensayado frente al espejo. Debe preguntarse, lo mismo que Carlos su apuntador y los camarógrafos y los iluminadores, lo que dirá el público ante el cinismo del presidente.

La entrevista se transmitió sin cortes comerciales, 27 minutos de autocelebración. Una versión condensada de un México distinto al país en bancarrota, donde la violencia suma decenas de miles de muertos; donde el caos y la ingobernabilidad se extienden. Un país cayéndose a pedazos.

Magali Randall, la Dama de las Noticias, despide la entrevista con pena ajena: "Ni modo", debe haberle dicho, Santos Bribiesca, el director del canal, "ese pendejo ya va de salida".

Apago la televisión, mientras trato de dormir, no puedo evitar recordar a Bribiesca, aquel psicopata con los méritos suficientes para dirigir un canal de televisión. Un eterno pretendiente a diputado, senador, gobernador… del estado de Yucatán, donde su familia pertenece a la privilegiada Casta Divina.

Con Santos Bribiesca tuve un problema, uno solo, fue algo que me rebasaba. No sé cómo, pero al tipo ese lo vi siempre con rayos x, descubrí sus manejos y sus trampas, desconfié de sus mentiras, sus chistes nunca me hicieron gracia y siempre supe que esa sonrisa suya era más bien el feroz gesto de un depredador. Algunos psicópatas van por ahí cegando vidas y esperanzas, siempre tras el poder. Este personaje, de facciones suaves, con modales de hombre de mundo, siempre elegante, es una amenaza para la especie, como lo son todos los suyos. Me echó del canal y de haber podido me hubiera eliminado del planeta.

Para tratar de dormir prefiero contar ovejas, cierro el capítulo de la entrevista de mi ex Maga y el de Bribiesca. Escucho un portazo, alguien se marcha de madrugada del hotel.

XIV

FRENTE A UN BUEN PLATO de chilaquiles y un café leo los diarios en el hotel. Los titulares de las primeras planas reproducen puntuales la información oficial: "Sangre en el penal: enfrentamiento de pandillas"; "Masacre. Las víctimas, pandilleros"; "20 muertos el saldo de guerra en la cárcel".

Las notas se ciñen al boletín repartido en la conferencia de prensa de ayer por la noche. Por ahí se leen algunas crónicas, los testimonios de los familiares de los internos. Lo más interesante es una entrevista con el Chico García, publicada en *El Observador del Norte*.

"Por nuestra parte realizaremos una investigación paralela. Una investigación que llegue hasta sus últimas consecuencias. Lo que es evidente es que se trató de un enfrentamiento entre pandillas".

Hay que preguntarse entonces sobre la razón de investigar y esa razón tiene que ver con el mensaje del procurador a quien intente pisarle los callos a él o a su gente. Una investigación paralela a la de las autoridades federales, una investigación que indague mucho más allá de lo ocurrido en la masacre en el penal.

Una advertencia del Chico García: "No estamos dispuestos a perder el control, a ceder ante la violencia venga de donde venga".

Me pregunto lo que estas temerarias palabras del procurador de justicia del estado significan para los mandos militares que comandan la Operación Ciudad Segura en Juárez.

No quiero encender el teléfono que me conecta con quien conoce el tramado oculto de esta historia. Alguien que conspira y mueve las piezas de un juego que no acabo de entender y del que ya formo parte. Pasan de las ocho de la mañana, al restaurante del hotel llegan los inevitables huéspedes de lugares como éste, empleados de alguna dependencia de gobierno; ingenieros supervisando las maquiladoras en quiebra; algún despistado a quien el taxista convenció de lo económico, lo limpio y lo seguro del Hotel Azteca.

Los chilaquiles no están del todo mal: pollo, una buena dosis de crema y queso. La vida no es sólo muertos y guerra del narco. Por el momento no voy a prender el teléfono con línea directa al infierno, lo haré después de encontrarme con mi amigo Manuel Mora, el famoso MM, veterano periodista, quien ha recorrido las redacciones de los diarios y las estaciones de radio de esta ciudad y hoy trabaja por su cuenta.

Lo veo llegar, como siempre, atenazado por la prisa, siempre tarde. Estoy seguro que el reloj vital, el que rige los horarios de mi amigo, sufre un serio desperfecto. Por eso, por que lo conozco, empecé a desayunar veinte minutos después de la hora pactada para nuestro encuentro.

—Uriel Hernández sigue teniendo poder, mucho poder —dice, después de que conversamos de todo y de nada por un rato. Me contó que ha montado una agencia de noticias independiente, que le sobra trabajo. Vende imágenes de video, notas y reportajes a las cadenas de televisión del otro lado—. Mucha gente, gente informada, está segura de que Hernández sigue siendo clave en la plaza de Juárez.

Le pregunté sobre lo que sabía del ex jefe de la policía municipal, sobre su captura en El Paso con la tonelada de mariguana, que trataba de colocar en el mercado del otro lado de la frontera.

—Ahí se desató la guerra. Uriel controlaba el negocio, se encargaba de mantener la plaza en orden. ¿Sabes quién lo recomendó para hacerse cargo de la policía?, pues los más picudos empresarios, los más ricos. Con su puesto le cobraron al ex presidente municipal el apoyo que le dieron cuando su campaña. Nada más no te digo nombres, porque es peligroso, muy peligroso.

Al MM lo había conocido años atrás, cuando preparaba un reportaje sobre el narcomenudeo en la ciudad. Le debía el contacto con aquel policía decidido a denunciar la corrupción, quien me contó cómo los altos mandos policiacos estaban encargados de la vigilancia de las "tienditas", que por entonces proliferaron en la ciudad. Aquel policía, llamado Salomón, llegó con una Biblia entre las manos de la que jamás se apartó. Salomón desapareció. Manuel me dice que si tuvo suerte se convirtió en testigo protegido. Ambos tememos que lo hayan asesinado.

—Lo que se dice por ahí es que armaron la captura de Uriel —mi amigo, quien debe andar por los sesenta años, es un hombre cargado de vitalidad, uno de esos personajes que no están dispuestos a dejarse llevar por los años, baja la voz y habla en tono confidencial—. Fue un golpe preparado por el grupo que trata de hacerse del control de la plaza. Lo que nunca imaginaron era la fuerza de Uriel. Eso detonó la violencia.

—¿Por qué?

—¿Sabes a lo que Uriel Hernández se dedicó mientras fue director de la policía?… a armar todo un ejército de pandillas. Fue así como se apoderó del negocio del narcomenudeo. La plaza siguió funcionando de puente para la droga venida del sur, pero el negocio del narcomenudeo era suyo, sólo reportaba un generoso porcentaje a la gente del Cartel de Juárez.

Pero el reinado de Uriel Hernández se vio interrumpido cuando la elección del actual presidente municipal, quien impuso cambios y relevos en la policía.

Pero había algo más:

—La hegemonía de un grupo del crimen organizado garantizada desde el poder político. Una alianza que en Juárez fraguaba una nueva realidad en las relaciones entre los políticos y los narcos —Manuel ha bajado todavía más la voz—. Estoy seguro de que la gente de aquí, esos políticos de pueblo, ni siquiera se enteran de lo que pasa. Sólo hacen lo que les piden.

La captura de Uriel Hernández en El Paso fue resultado de una acción de la DEA. Un grupo de agentes encubiertos le tendió una trampa.

—Como sucede en estos casos, cayó por ambición. No conozco los detalles, sé poco más de lo que se ha publicado. Lo contactaron. Se trataba de una operación considerable, la venta de una tonelada de mariguana. Lo detuvieron del otro lado, justo cuando pagaban por la mercancía en la casa donde él la tenía almacenada. Todo de película, muy a lo Hollywood.

Después de lo que me contó mi amigo el MM, ambos queríamos hablar de cualquier otra cosa, apartarnos de las intrigas del narco y los políticos. Ni siquiera pregunté sobre lo que pudo pasar en el penal. Me contó que sus hijos vivían en Estados Unidos, la más grande en Chicago, casada con un profesor universitario, a punto de terminar una maestría en educación especial. El otro en Nuevo México, donde trabajaba en la universidad como profesor. De Monse sólo le dije que parecía haber heredado una enfermedad de su padre, la adolescencia crónica para la que no encuentro remedio.

Nos despedimos con un abrazo.

En cuanto salgo del elevador en el décimo piso, rumbo a mi cuarto, enciendo el teléfono. Nada. Al revisar el registro, no encuentro ninguna llamada perdida, tampoco hay mensajes, ni recados. Llego a pensar que quizá terminó esa forma de persecución que empiezo a padecer. Una versión de la paranoia en la que espero la llamada de alguien para que me explique qué es lo que pasa, para qué urde tramas como la de la masacre en el penal de Ciudad Juárez, en el epicentro de la guerra del narco, donde se enfrentan poderosas bandas y el ejército busca retomar el territorio perdido blandiendo una bandera política. La pesadilla del absurdo de los miles de muertos, el impacto de la violencia en una ciudad sitiada por sicarios, policías corruptos y soldados, en el mejor de los casos, aterrados.

Llamo a *Semana*. Neto no está pero me comprometo a enviar en cuanto pueda el reportaje sobre la masacre en el penal.

—Estoy en Ciudad Juárez desde ayer —digo después de escuchar la voz de mi amigo en un mensaje grabado en su contestadora con la grave tesitura de un locutor de radio al viejo estilo.

—En cuanto pueda, mando material. Una primera entrega. Te llamo más tarde.

Me gustan las habitaciones de hotel en los pisos altos, corro las cortinas y miro las ciudades desde las alturas, ciudades que me son ajenas. Por donde camino, hago preguntas y llevo la extraña cuenta de muchas de sus desgracias.

Voy a tener que escribir a mano, luego buscar dónde copiar el texto. Eso me incomoda, multiplica el trabajo, pero me devuelve a una forma de escribir más natural, con un ritmo distinto al del teclado de la computadora que, por haber usado viejas máquinas de escribir mecánicas, aporreo, de verdad.

En una página de libreta trazo el mapa del viaje que pronto iniciaré, de esta travesía. Anoto los contenidos del reportaje: lo primero es la cruda imagen de los muertos en el dormitorio de la cárcel; después la conferencia de prensa, luego las interrogantes, las muchas preguntas que hay que hacerse sobre lo que pasó… en eso estoy cuando el teléfono llama, un Nokia de los más baratos, del que ni siquiera conozco el número.

—Buenos días… te tengo otra sorpresa, quiero que te des una vuelta a Hermosillo. Por ahí nos vamos a ver. Nos encontramos mañana en la noche.

Me molesta que el tipo ese tenga el control. Voy a escribir el reportaje para *Semana* con la información de que dispongo. En cuanto termine, me largo al aeropuerto. Con un poco de suerte esta noche duermo en mi cama.

XV

Es IMPOSIBLE, no voy a ir al aeropuerto y regresar a casa para escribir mañana o la semana entrante un reportaje sobre los problemas de la obesidad en México. Estoy tras una historia en la que apenas miro la punta de la madeja: la turbia relación entre narco y política.

Al subir al taxi, le pregunto al chofer cómo viajar rumbo a Hermosillo, que parece estar del otro lado del planeta. Me espera un largo viaje por carretera, con la conexión de varios autobuses en terminales de pueblos y ciudades. Si tengo suerte, mañana por la tarde habré llegado.

Cuando algo así sucede, me queda el remedio de la compañía de los libros, de emprender un viaje distinto al que corre por interminables rutas de asfalto, acompasado por el ruido del motor de autobús y las siestas de las que se despierta con sobresalto. Viajo por los textos de Tomás Eloy Martínez, hasta quedar exhausto.

Al llegar a Hermosillo, camino hasta donde puedo tomar un taxi. Como olvidé el nombre de aquel hotel, con habitaciones grandes, suites con dos espacios, bien ubicado, cerca de la zona comercial de la ciudad, le describo al taxista el lugar. Le cambiaron de nombre, ahora se llama Suites Real. Me da lo mismo.

Es jueves, pasan de las ocho de la noche, me registro en el hotel. No sé cuántos días voy a estar aquí. La muchacha que atiende la recepción me mira con recelo, llevo barba de tres días, la misma camiseta de ayer. No sé qué hacer con mi chaqueta de cuero en este insoportable calor. No llevo más equipaje que mi mochila. Tengo la misma opinión que ella, me urge tomar una ducha.

Conozco las habitaciones, me gustan, son amplias, un viejo hotel fundado hace muchos años, cuando Hermosillo era una ciudad distinta, una ciudad del norte, la capital de un estado donde ganarse la vida cuesta mucho trabajo. Una ciudad grata, de gente emprendedora, aún no tocada por la falsa modernidad y el estereotipado progreso.

Acepto que el botones, un hombre mayor, me conduzca rumbo a mi cuarto, me parece un mal chiste dejarlo cargar mi mochila. El hotel fue remodelado, un largo pasillo interior une a dos viejas construcciones, dos casonas de otro tiempo. Al cruzar por ese pasillo se tiene la impresión de un viaje a lo desconocido, es un escenario perfecto, con su tenue luz, sus máquinas de refresco, sus enormes macetas con robustas plantas de sombra, para el inicio de un cuento de ciencia ficción. Viaje al otro lado de la realidad.

Por fin llegamos a mi habitación, 113-D. El sitio es perfecto, la estancia con un comedor, estufa, refrigerador. La amplia recámara. Muebles de un difuso estilo colonial, detalles de buen gusto que se agradecen, como las lámparas y el tino de no haber colocado el perenne televisor frente a la cama.

No puedo evitarlo, cuando me topo con uno de los pocos cuartos de hotel donde me siento bien, pienso con quién me gustaría compartirlo. Esa mujer, que no está.

Ana y esa pasión de nuestros primeros encuentros sexuales, el dulce abandono a juegos y caricias que todavía no se han vuelto rutinarias. Hace sólo unos días nos fuimos a la playa, aquellas largas noches que empezaban justo al anochecer y terminaban más allá de las once de la mañana, cuando despertábamos abrazados, desnudos, con nada más qué hacer que irnos a tumbar al sol. No sé a dónde irá lo de Ana pero me gustaría que estuviera aquí.

Trato de cobrar fuerzas para tomar una ducha y salir a buscar algo para cenar. Me gustaría comida china, atacarme de arroz frito, chop suey y costillas de cerdo.

Después de ducharme me tiendo en la cama. Duermo un rato, sin el sordo rumor del autobús taladrándome el cerebro. Despierto con la sensación de no saber del todo dónde me encuentro, las olas sobre el acantilado en un cuadro en la pared de enfrente; el entorno de los muebles desconocidos; un cuarto más de hotel. La sorpresa apenas dura un instante, luego viene la certeza de que hay que levantarse y seguir adelante. La cuenta de protección del réferi termina, hay que seguir en la pelea.

Después de orinar me miro en el espejo del baño, quisiera que todo esto se tratara de un mal sueño, despertar de golpe en mi cama, descubrir que he dormido de más y tengo encima la entrega del reportaje sobre obesidad infantil o cualquier otra inocua historia. Tengo que llamar a la revista, a la Monse, establecer pronto uno de esos lazos, mis "puentes", con el otro lado de la vida, alguien debe saber dónde me encuentro, aunque, a decir verdad, en cualquier momento, esta misma noche, o mañana, reciba la llamada que espero y tenga que marcharme a otro lugar. No me gusta haberme convertido en la pieza del juego de un demente que me ordena cuál será mi próximo movimiento en el tablero de sus delirios, pero aquí estoy convencido de llegar hasta el final, de entender cómo funciona la maquinaria del terror.

Cuando la Monse está de buenas, conversamos como si fuéramos un par de amigos. Me habla de los pesados ensayos, montar a Shakespeare es siempre un reto. Una versión de las tragedias tocada por la danza, la salsa catsup y el rock. Un montaje agresivo, impertinente, donde ella será al mismo tiempo una bruja y la versión femenina de Hamlet.

—Estoy en Hermosillo, esta noche la pasó aquí, pero después viajo a la frontera —el "puente" que tiendo hacia ella es demasiado endeble. No podría decir mucho a nadie si desaparezco. Me preocupa quedarme en el viaje, pero no como los viejos jipitecas por un exceso de *alucine*, más bien por un exceso de realidad.

—Cuídate, Rodrigo, ojalá que cuando regreses podamos pasar un rato juntos. Ir al cine, hacer cualquier cosa.

Hay tardes que me gustaría encapsular, guardar por ahí y en el momento justo sacarlas del armario y entrar a ellas con ligereza. Tardes como las vividas con mi hija, cuando vamos al cine, nos burlamos de las pésimas historias del cine gringo y luego caminamos un rato por la calle antes de ir a cenar.

—Te llamo pronto. Un beso.

Ya está, mi siguiente llamada es para la Dama de las Noticias. Desde hace años, desde la época en que era la chica del clima, la llamo, se lo dije muchas veces, para que alguien en el planeta tierra sepa de mis exploraciones en el hostil espacio exterior, de mis caminatas sobre puentes colgantes en la jungla, de los viajes del reportero tras una historia.

Tarda en responder, a estas horas está por entrar al aire, la imagino en el camerino; conforme pasan los años, las sesiones de maquillaje son cada vez más largas. Debe estar repasando la escaleta del noticiario. Si algo tiene Magali Randall, es disciplina. Carlos, el apuntador, está sentado frente a ella, con un manojo de cuartillas en las manos, tenso por el trago que siempre le hace falta.

—Hola —me dice con tedio. De cualquier modo agradezco que Magali cumpla con nuestro viejo pacto y tome mi llamada.

—¿Cómo va todo?

—Como siempre, mal y tiende a empeorar —el tono de su voz es distinto al de la vertiginosa lectura de las notas y los pies de información que en un rato leerá en el teleprompter—. ¿Dónde estás? Estoy por entrar al aire, ¿por qué no me llamas más tarde?

—En Hermosillo —digo y me despido.

Con esta mujer tengo un vínculo profundo, si alguna vez decido escribir el guión para una telenovela, uno de esos melodramas de previsible final feliz, lo llamaré "Marcados por el amor".

La siguiente llamada. Neto me responde en la redacción de *Semana*. Cuando el cierre se avecina, las jornadas son largas, siempre hay un imprevisto, ir tras el acontecer nacional es como viajar por pendientes y caídas de la Montaña Rusa a ciegas. Un viaje sin principio, ni final, siempre contra el tiempo.

—Oye, la nota, apenas pasa. Deliras, cabrón. Le tuve que meter mano y te chingas —hay quien jamás descubrió en el tono agresivo, en los reproches y la ironía de Neto, su ternura y solidaridad con los colegas reporteros. Es un veterano periodista, uno de los pocos editores convencidos de que su trabajo va mucho más allá de elegir cabezas para las notas y fotografías para ilustrarlas.

—Haz lo que quieras. Es tu material…

—Hablando en serio, la nota me gusta. Dejas ver que las cosas no son tan simples como nos las dicen, pero a quien no le va a gustar es a los funcionarios que insisten en que la violencia es resultado de las pugnas entre los cárteles. Muy bien, hermano.

—Voy tras lo que sigue. No puedo decirte mucho más, pero estoy en Hermosillo. Encontré un contacto.

—Ten cuidado.

Ya está, los puentes quedaron tendidos. Si desaparezco, si me quedo en el viaje por lo menos sabrán dónde comenzar la búsqueda.

El Nokia, mi enlace con la locura, sigue en silencio, la gris pantalla sólo indica que tengo recepción. No hay llamadas perdidas, ni mensajes. Busco la menos sucia de las camisetas que llevo en la mochila y lavo las otras dos. Me pongo los jeans sin ropa interior, los tres boxers que metí a la mochila se secan en el baño. Tomo mi camisola de mezclilla y salgo del cuarto. Camino por el largo pasillo rumbo a la recepción, donde han colocado exuberantes plantas de sombra a las que parece beneficiarles el calor del encierro, además de un par de máquinas de refrescos. Me detengo frente a una de ellas, busco la moneda y espero con paciencia hasta que tengo en las manos una lata de coca-cola. Tengo todo el tiempo del mundo, sé que me pueden llamar esta noche, mañana, o tal vez clausurar para siempre el contacto. Lo que dudo, el tipo pálido, aquel flaco con extraño rostro, a quien conocí en San Luis Río Colorado, se ha tomado demasiadas molestias para irse tan pronto. Como él mismo diría: la fiesta apenas comienza.

La recepción del hotel es más bien pequeña, unos cuantos sillones, una computadora donde hay siempre alguien consultando su correo electrónico y un piano de cola, absolutamente fuera de lugar, venido de quién sabe dónde, cubierto por una carpeta roja que alude a la vieja elegancia de la mansión de donde salió con todo y la música que guarda dentro de sí.

La noche es calurosa, me tengo que dar prisa para encontrar dónde comer algo. Camino un par de cuadras y me topo con el restaurante que esperaba. La comida china del norte del país resulta siempre mejor a la invasión comercial fraguada por la misteriosa cadena que ha fundado decenas de restaurantes en la ciudad de México, donde todos los platillos tienen cierto gusto plástico. Devoro un arroz frito con camarón y enfrento decidido un enorme plato de chop suey mixto.

Al salir del restaurante camino por la ciudad, voy sin rumbo, mirando cómo los negocios del centro empiezan a bajar las cortinas y la gente regresa a sus casas después de haber concluido el día. Todo parece tranquilo, la rutina de un jueves que termina y anuncia la proximidad del fin de semana. A nadie parece preocuparle en esta ciudad que la violencia aceche con los levantones, los ejecutados, las granadas en contra de las instalaciones policiacas, con la amenaza del narco en contra de los periodistas. Recuerdo que de aquí cerca se llevaron a mi amigo Julián Castillo, se le vio por última vez cuando al salir de la redacción de *Hoy* dijo a otra reportera que se iba a encontrar con un contacto. Uno más en la larga lista de los periodistas desaparecidos en México.

Regreso al hotel, parece que me estuvieran esperando, que supieran el momento justo en que estoy a punto de abrir la puerta de mi cuarto. El llamado del Nokia me sobresalta, terminó la paz, la rutina de la soledad del reportero. El tipo se escucha alegre, en la parte alta de la colina de la que supongo descenderá pronto para abismarse en la constante agonía que padece.

—¿Cómo estás?, ¿qué tal el viaje?, quería que lo hicieras por carretera porque es más seguro —podría pensarse, por la familiaridad con la que habla, que se trata de un viejo amigo—. Da la casualidad de que estamos en el mismo hotel. La habitación 38 de la parte vieja. En cuanto puedas, date una vuelta, quiero platicar contigo.

XVI

ME TOMO MI TIEMPO para acudir al llamado, me lavo bien los dientes, me miro de nuevo al espejo. No, no me encuentro a la mitad de un mal sueño, más bien, como suele ocurrir en mi oficio, en los entretelones de la realidad.

El hotel fue construido sobre lo que era un par de viejas casonas próximas al centro de la ciudad, se aprovecharon los espacios donde además de enormes habitaciones, antes había patios y corrales interiores, para edificar paredes, escaleras y pasillos, que hacen del sitio un verdadero laberinto.

El cuarto 38 se encuentra al final del camino, en un apartado y oscuro rincón, donde sospecho que alguien fundió las lámparas. Apenas llamo a la puerta, me abre Cande, luce esa mueca suya que hace mucho dejó de ser una sonrisa. Al fondo, tumbado en un sillón, miro de espaldas al pálido personaje, quien se hizo llamar *sombra@yahoo.com*. Lleva una camiseta sin mangas, la delgadez de sus brazos me recuerda las fotografías de los niños africanos víctimas de desnutrición crónica.

El tipo se da la vuelta y sonríe, lleva el rostro pintado, luce como un extraño guerrero del Apocalipsis: dos sutiles líneas blancas sobre las mejillas; el morado de los párpados que realzan la fuerza de su anguloso rostro; los labios pintados color sangre.

—Buenas noches —dice en un murmullo. Levanta la mano para indicarme que me acerque. Me siento justo frente a él. En el ambiente se percibe un olor que reconozco: alguien ha fumado mariguana.

Sin perder el tono triunfalista, la vehemencia con la que me sorprendió, el Vampiro habla de una conspiración, su conspiración personal.

—Por eso te he traído. Como te dije, soy de quienes organizan las fiestas y las animan. Provoco escándalos, hago mucho ruido y pongo los muertos. La guerra necesita de alguien para atizar el fuego, de animadores de la desgracia, mira qué paradoja en lo que digo.

El tipo viste por completo de negro, la penumbra de la única lámpara encendida favorece sus gestos teatrales, resalta la pintura de su rostro.

—¿Viste lo que pasó en Juárez? Quería que conocieras al Chale, el muchacho que te contó lo del penal. Por cierto, ¿quieres explicarme lo que pasó? —dice con una irónica sonrisa—. Como debes tener dudas, te lo voy a decir. Lo de la masacre estaba armado, lo preparamos para hacerlo explotar al día siguiente de que nos enteramos que iban a llegar más soldados para reforzar el despliegue militar, pero no te apresures a sacar conclusiones.

La extrema blancura de la piel del personaje resalta sobre el negro del atavío con que viste.

—Te lo digo de manera directa, para que tengas ideas y luego las publiques. El mensaje, además de una advertencia para el ejército, esa demostración de quien manda, tenía otro destinatario: Uriel Hernández, el ex jefe de la policía, quien no se conformó con perder el negocio del narco callejero, el de las *tienditas*. Queríamos calentarle la plaza y me encargué de hacerla arder.

Murieron 21 personas. Caminé entre los cuerpos des-
angrados, miré el horror de los heridos. Si respondo al
impulso de saltar sobre el tipo que juega a ser dios, Cande me mata de un tiro. Lo tengo a la espalda, de guardia,
fiel a su jefe.

—De eso se trata, de los mensajes de terror. Sobra decir que los medios son la caja de resonancia. En este caso
no me importó la versión publicada de los hechos. No se
la impuse a nadie, tampoco el miedo del Chico García y
su gente. Hay algo más, quería que conocieras al Chale
por una razón. Alguna vez fui como ese muchacho.

El tipo me cuenta lo que parece uno de los delirios
provocados por lo que inhala de ese aparato similar a
los que usan quienes tienen asma, sólo que de mayores
dimensiones. Me lleva por la ruta de una pesadilla que
inicia en los barrios de Tijuana.

—Era un cholo feroz, metido en las pandillas. No me
lo vas a creer, pero así fue, me pusieron un cuatro, me en-
cerraron en el penal de La Mesa, a pesar de que era menor
de edad. Ahí me reclutaron, pero no te imagines que fueron las pandillas. No, no fueron ellos, fue la DEA. Traba-
jé de infiltrado por mucho tiempo, hasta que no supe ni
quién era, ni lo que hacía. Es cierto, luego aprendí el jale
del show, bueno, es una manera de decirlo.

Los movimientos precisos y ensayados, la representación del guerrero del Apocalipsis me atrapa, de pronto me encuentro en una espiral de violencia y locura. Es
una larga noche.

XVII

REGRESO A MI CUARTO al amanecer. Por la ventana se filtran los primeros rayos del sol de un caluroso día. Escucho el sordo rumor de los autos que ya circulan por la avenida, voces lejanas, la televisión encendida en alguno de los cuartos del hotel. Todo me parece ajeno, irreal, ficticio. Debe ser el efecto provocado por mi descenso al infierno personal del guerrero del Apocalipsis. Cuando te encuentras de golpe con una dimensión distinta de la existencia, donde nadie finge y nadie se engaña, donde todos saben que de lo que se trata es de ir tras el poder y el placer, tu vida queda perturbada, parecen inútiles los mejores afanes, los quehaceres cotidianos, todo es una mentira desnudada con crueldad por quienes han entendido la única verdad, la de la supervivencia a toda costa. Las cucarachas tomaron el control del mundo y ni siquiera nos dimos cuenta.

No me voy a echar en la cama y dormir, no puedo hacerlo. Busco mi libreta, esa pequeña libreta donde escribo con letra pequeña y menuda. Una *lap top* de urgencia, ligera, ideal para los viajes que sabes comienzan un día, pero no sabes a dónde te pueden llevar, ni cuándo van a terminar.

Intento escribir sin encontrar del todo las palabras justas. Por fin logro la primera línea: "Memorias de una cucaracha".

Nunca lo hago, jamás empiezo por el título, eso viene al final, pero quizá lo necesito ahora para poner distancia, para no encontrarme con la sorpresa de que mi vida se erige sobre un castillo de naipes, un espejismo de verdades y buenas intenciones que justifican mi debilidad, la incapacidad congénita de no reconocer que la supervivencia está destinada para los mejores de la especie y esos siempre son los más feroces.

Evito iniciar con una reflexión en torno del bien y del mal, de donde sospecho saldré vapuleado. No quiero escribir con el afán del reportero, del testigo que cuenta los hechos presenciados, sino con el propósito de liberarme, de emprender por escrito, palabra a palabra, la catarsis necesaria para descargar sobre el papel la ansiedad que me perturba.

Escribo porque no sé hacer otra cosa.

La DEA recluta a un chavo de las pandillas, luego lo pone en la calle. Tijuana a sus pies. Las puertas de la organización abiertas, el ascenso garantizado por la propia ferocidad. El control de la primera *tiendita* de barrio, luego de la zona. Los hilos movidos por poderosas manos para llevarlo lejos, algún competidor desaparecido, un enemigo muerto. La confianza de los jefes ganada. Hasta entonces, dos años después, la aparición de un emisario en un estacionamiento. Un auto de lujo con placas del otro lado. Un hombre robusto, mayor, canoso de intensos ojos azules. El primer contacto... sólo unas palabras. Algunos detenidos, más muertos, muchos muertos, los vanos intentos por descabezar a la organización terminan —te dice el viejo de los ojos azules—, terminan con un pacto, un pacto necesario para que la maquinaria siga funcionando. Jamás lo vuelves a ver.

Pasa el tiempo, un mes, tal vez dos, alguien te recuerda quién eres, una mujer morena, ya mayor. Se acerca y te habla de tu propia familia, tu madre, tus hermanos, quiénes viven en Tijuana y viste sólo un par de veces en todos estos años. No puedes olvidar la vida que te espera con los tuyos cuando todo termine y te conviertas en testigo protegido del gobierno de los Estados Unidos. La mujer del supermercado te entrega un sobre. Además de la fotografía de un hombre al que tienes que aniquilar, te encuentras con el estado de cuenta de un banco en Manhattan. Decenas de miles de dólares, una cifra increíble. Un pasaje a la felicidad reservado a tu nombre.

Nunca supiste quién era, ni a quién beneficiaba su muerte. Esas cosas no te importaban, seguías en el negocio, trabajando para los jefes, la pasada de cargamentos por Mexicali, luego una misión especial, la primera que te encargó uno de los meros jefes. Tenías que limpiar de obstáculos el camino, quitar de en medio lo que estorbara para que la mercancía llegara a Nueva York sin problemas. Bastó con la primera decena de muertos para que todos entendieran, ni siquiera hubo necesidad de aumentar el monto de lo invertido en sobornos.

Te olvidas de quién eras, te convertiste en otro. La vida sigue el curso de… tardaste en definirlo, miraste al espejo, antes de decirme, eso: el curso de una película de acción y locura. Fornicar con bellas mujeres, saciarse de placer y luego dormir hasta el próximo *jale*. Siempre hay un *jale*, un *jale* en el que todo puede acabar. La palabra *fin* de la película sobre tu cuerpo tendido en un charco de sangre con el cuerno de chivo todavía empuñado. Fin. La muerte que te espera, la única dama a la que has dejado plantada más de una docena de veces.

Escribo de golpe, un ejercicio automático. La apuesta es recuperar lo narrado por el guerrero del Apocalipsis en las intensas horas de su show, de ese viaje a través del laberinto de un personaje infiltrado en el narco por alguien que le dijo en la cárcel de la Mesa de Tijuana que era un agente de la DEA.

Cuando los buenos son peor que los malos y los malos son de lo peor, se confirma tu teoría: el mundo es una fruta que hay que devorar a salvajes mordiscos.

Las cucarachas lo saben por instinto. Hablas del placer de dominar, del placer de aniquilar, de mirar a la vida consumirse en una enorme pira de fuego.

El Cristine y sus muertos, masacre en la disco, lluvia de metralla. La muerte en la mirada ausente de esa mujer caída en la pista, una flor ensangrentada. La miras sólo por una fracción de segundos antes de regresar de golpe a la vorágine. La ambición y el instinto de supervivencia te llevan a donde uno de los jefes se oculta tras la barra del bar. Paralizado por el miedo murmura algunas palabras, el rezo dedicado al ángel de la guarda aprendido en su infancia. Un hombre lo arrastra a la cocina y lo hace saltar por la ventana que ha roto con una silla. Ese hombre eres tú, a quien le gusta llamen el Guerrero, pero todos lo conocen como la Cucaracha. El azar te salvó, la muerte se entretuvo con la bella mujer del vestido rojo tumbada en la pista. Convencido de que ya no te alcanzaba con sus garras fuiste en pos del poder y el dinero y te convertiste en el ángel negro de la guarda del jefe.

El jefe jamás iba a olvidarlo.

Luego del Cristine vino la guerra y para la guerra hacía falta un ejército. Fuiste en busca de los desesperados, sabías dónde encontrarlos, en los hoyos, las coladeras, bajo tierra, en los lugares donde las cucarachas sobreviven. Los barrios están llenos de miserables a quienes el futuro espera para confirmarles que no hay salida del callejón. Los reclutaste con armas y dinero. Fueron entrenados por un general de apellido Salinas. Era flaco y muy alto, sus movimientos eran como los de un gato, un gato salvaje siempre dispuesto al ataque. Fuiste el primer comandante de un ejército formado por pandilleros.

Sangre en Tijuana, ejecutados, desaparecidos, la cruenta lucha por el control del negocio. Los escenarios de la guerra se expanden por distintas ciudades, como Culiacán. En Acapulco el santuario de los jefes enemigos arde. Más al sur hay que golpear el abasto de armas, las armas cruzan la frontera por Tenosique, Tabasco. Una docena de ejecutados, un arsenal de granadas y cuernos de chivo. Escapas de una emboscada preparada por militares. Huyes con dos de tus hombres y en la selva te topas con los mareros. Un negocio siempre es un negocio. Tú mismo le pones precio a tu vida: 50 mil dólares. Los pagas. Aquellos pelones, veteranos kaibiles del ejército guatemalteco, eran conocedores de los más intrincados secretos de la guerra, expertos en provocar dolor, en torturar al enemigo y matarlo de miedo. Los primeros decapitados aparecieron a la vera de un río, cerca de Tenosique. Fueron quienes te emboscaron, aquel sargento y siete de sus hombres.

El comando viaja por el país, ataca en Nuevo Laredo. De entre todos los mercenarios, los sin nombre, los pelones son los más extraños y silenciosos. Uno de ellos, curtido en el oficio de la tortura, se ganó tu confianza. Un maya de alcurnia, proveniente de generaciones de derrotados, ex teniente del ejército guatemalteco, un desertor como muchos otros. Decía llamarse Chon Kahui y te enseñó el método del terror. Lo de las cabezas cercenadas no era un asunto de venganza, era la propaganda del terror. Había que inocular miedo en los enemigos, demostrar la fuerza con la atroz amenaza de que el decapitado podía ser cualquiera de los del bando enemigo. El temor de ser el siguiente. No es sólo el miedo a morir, sino al sufrimiento de la tortura. Cuerpos mutilados, mensajes cifrados en la macabra sonrisa de una cabeza colocada en una hielera.

Las llamas del terror se expanden con facilidad. *Levantones* de traidores, enfrentamientos con las fuerzas enemigas, ataques a los de la ley para mostrar el músculo. Un reguero de muertos. La respuesta de los enemigos hizo crecer la espiral de violencia. Mercenarios en oferta, reclutaron soldados, un ejército dirigido por oficiales entrenados en Estados Unidos, conocedores de los mismos secretos que los pelones.

Además de Chon Kahui recordabas a otro, de rostro aniñado y mirada extraviada. Se suicidó, encontraron el cuerpo colgado de un árbol en la plaza de un pueblo perdido en Guerrero. Por algo no lo olvidas, cumplía tus órdenes como ausente, instalado en el limbo de la supervivencia de matar para no morir, un eterno presente que supones termina de golpe, cuando se filtra un recuerdo y todo el dolor se viene encima. El suicidio. Un arrepentido más haciendo cola en el infierno.

XVIII

EL GUERRERO DEL APOCALIPSIS se encontraba en estado efervescente, disfrutaba su relato. Me parecía estar en medio de la puesta en escena de una pesadilla.

El asesinato del Jefe, a quien sólo vio unas cuantas veces en su vida, para quien imaginó trabajo por años, lo puso en crisis. Tenía treinta años y un reguero de muertos en su pasado. Por eso entendía al zombi aquel. El tipo que se colgó de un árbol en la plaza de un pueblo de Guerrero. La muerte que te espera en alguna parte y tiene sonrisa de mujer.

Una mañana alguien llamó a la puerta del cuarto del motel La estancia a las afueras de Ciudad Victoria, donde esperaban un *jale*. Era un gringo de cola de caballo, bronceado por el sol. Dijo ser Tom y traía un mensaje de tus viejos amigos. Mataron al Jefe.

Desde entonces trabajas por tu cuenta. Se alquila catálogo de terror.

A veces algún emisario aparece con instrucciones precisas y hay que cumplirlas. No olvidas la cuenta del Manhattan Bank, ni la vida que te espera en alguna parte convertido en testigo protegido del gobierno de Estados Unidos.

—Desde hace rato —me dice el tipo en el momento en que miro que su energía empieza a decaer— trabajo para los chicos buenos del gobierno mexicano. No te sorprendas, el carnaval del miedo tiene muchos patrocinadores.

Salí del cuarto con la idea de que todo era mentira, un show montado por un loco con ganas de impresionar. Fui invitado a una visita al infierno personal de un sujeto maquillado con efectismo. El tipo terminó por instalarse en el mutismo, luego de narrar la ejecución de un poderoso jefe policiaco en Nuevo Laredo. Se le veía agotado, de pronto había perdido toda la fuerza que parecía provenir de sus recuerdos. Se levantó, desesperado, y tomó el inhalador. Guardó silencio por algunos momentos, un silencio similar al que se percibe en los escenarios vacíos después de la función de teatro. Luego escuché una cadena de frases inconexas que devino en incomprensibles murmullos. Sentí lástima por el tipo postrado en el sillón, pálido como un muerto, de vuelta a su agonía.

Cande dormía echado en un sillón, sin que le importara mucho lo que pudiera pasar. Me levanté y caminé hasta la puerta, como quien se retira de un velorio, sin querer perturbar a los dolientes

Al salir escuché decir al tipo, quien me confesó fue conocido como la Cucaracha por su terca voluntad de sobrevivir:

—No lo olvides: tengo una bala para ti.

TERCERA PARTE

Me levanto sin ganas.

Me metí a la cama con la plomiza luz del amanecer. Escribí un rato, me sentí cansado pero no pude dormir; demasiada sangre, muertos, decapitados y horror. Estaba harto, podía dar las gracias y marcharme. Después de todo, siempre he reivindicado mi derecho a desaparecer, a largarme sin más preámbulo. No me gusta la sensación de estar cautivo, ni obligado a nada, tampoco las amenazas, pero no me queda más remedio que seguir aquí, ir tras la historia que persigo. Lo único que me preocupa es la entrega del siguiente reportaje y, como siempre, estoy retrasado. El turbio acontecer de la crisis, la decadencia, genera una intensa sucesión de escándalos, de absurdas historias que se disparan sin remedio confundiendo a cualquier reportero. En el último año recorrí el país entero tras la violencia del narco; luego en pos de la corrupción de un líder sindical de Pemex, en Coatzacoalcos; documenté la explotación sexual de menores en Tijuana, y luego me embarqué rumbo a Haití para narrar la tragedia de la vieja pobreza amplificada por el terremoto. Demasiado para cualquiera.

Por lo pronto hoy estoy en Hermosillo, una parada más en este viaje que puede concluir con mi propia muerte. El tipo que se hace llamar Joe López, el guerrero del Apocalipsis, me espera en su cuarto.

Sin motivo aparente recuerdo los días de playa con Ana y me parece que todo aquello ocurrió en otra vida: andar tomados de la mano como quien estrena cariño, la pasión tan a flor de piel, el primer amanecer de nuestros cuerpos anudados. Me urge llamarla.

Mientras camino rumbo al cuarto del Vampiro, de ese tipo conocido en alguna época como Cucaracha, me pregunto por qué me ha hecho venir. Son demasiadas molestias para anotar mi nombre en la lista de periodistas desaparecidos. No puedo descartar que se trate de un montaje, uno más de los trucos del mago del horror, quien me demostró de lo que es capaz en Ciudad Juárez y luego me trajo a Hermosillo para celebrar una noche de nostalgia y dorados recuerdos. Ignoro lo que sigue, pero bien puede ser la mala noticia de que ya se me acabó el tiempo.

Como es natural, al Vampiro no le gusta la luz. Su habitación se encuentra en penumbra, el penetrante olor a medicina se confunde con el aroma que permanece en los lugares donde unas velas encendidas se consumieron a lo largo de horas, como ocurrió ayer. Hay una suerte de rancio misticismo en la estancia del cuarto donde me indica Cande, tengo que esperar.

Al otro lado de la puerta escucho esa tos de enfermo y la desgastada voz diciendo en un murmullo algo que no alcanzo a entender. Luego de un rato, el tipo aparece con la expresión que debieron tener los prófugos de las cámaras de gas de los campos de concentración. Cande lo sigue con la *lap top*, que coloca sobre la mesa del pequeño comedor de la habitación.

—Agradezco que nos acompañes, no hubiera querido despertarte tan temprano, pero hay algo que tenías que ver —el Vampiro lleva una bata de seda roja, sus atavíos son siempre parte del show—. Acércate, todo salió bien.

En la pantalla de la *lap* miro una comandancia de policía, es en Acapulco, según el letrero que aparece en la parte inferior de la pantalla, indicando además del lugar, la hora en que se realizó la grabación: 7:09 am. Se alcanza a escuchar la agitada respiración de alguien, además de un par de voces de quienes lo acompañan. "Todo está listo… fuego", grita un hombre. Luego se escucha la ráfaga de disparos, la seca explosión que rompe los cristales del edificio de dos plantas con un estallido. Distingo el cuerpo de un agente caído a la entrada de la comandancia. Todo sucede muy rápido, el ataque a la comandancia de policía de Acapulco se realiza a plena luz del día. Es la grabación de un atentado terrorista.

—Hay mucho más, no te distraigas. Mira lo que sigue.

Otra imagen: la comandancia de policía municipal en Ahome, Sinaloa; en la parte baja de la pantalla la hora indica 7:09 am. La misma hora del ataque en Acapulco.

Todo transcurre en silencio, con pasmosa precisión, la metralla es nutrida, un vehículo aparece en la pantalla, se trata de una enorme camioneta negra de la que baja un puñado de hombres encapuchados disparando armas largas. Uno de ellos lanza algo sobre el edificio de la policía. La explosión cimbra la imagen. Gritos, confusión, más gritos. La última imagen registra los destrozos en la fachada del edificio. Se levantan las llamas del incendio, a lo lejos se escucha el ulular de una sirena.

—No pierdas detalle, que la fiesta sigue… —dice el hombre, con entusiasmo juvenil.

¿Dónde será la siguiente explosión?, conozco el lugar, se trata de la zona militar próxima a Cuernavaca. Alguien decidió mostrar el despliegue de más de una docena camionetas y autos que participan en la acción, donde se transporta un numeroso comando de hombres armados. Miro en la pantalla la hora, las 7:09 de la mañana.

Quien filmó este ataque se mantuvo en la retaguardia, a prudente distancia, con la intención de mantener la perspectiva general del ataque. Un nutrido tiroteo; soldados acribillados; el comando actúa conforme a un plan del que miro el desenlace. Un hombre, resguardado por otros, armado con una bazuka… dispara.

La imagen muestra los efectos de la explosión, el frente de la guarnición militar semidestruida, los cuerpos de varios soldados sin vida. Cuatro o cinco personas, entre ellos una mujer, se encontraban en el lugar y momento equivocados.

—Todo ocurrió esta mañana —dice López, enfundado en su espectacular bata de seda roja. Sonríe—. Hace poco más de dos horas.

La escalada de violencia: ejecuciones y muertes. Ataques con granadas a dos comandancias de policías en distintas ciudades, el primer bazukazo a un cuartel militar. Imposible un montaje, la falsificación de las imágenes. Los comandos vestidos de negro, encapuchados, actuaron con la precisión de una acción sincronizada.

—Resultó tal y como lo había planeado, tres ataques en tres lugares distintos, todos a la misma hora. Una pregunta: ¿qué tienen en común Acapulco, Ahome y Cuernavaca?

¿Cuál era el propósito de la acción?, ¿a quién iba dirigido el mensaje de las granadas? Supongo que si descubro la respuesta de la pregunta del tipo que se levanta a buscar su inhalador, entenderé lo que ocurre.

El histrión se alisa su bata de seda, se comporta como el absurdo personaje de una sátira de aquellas viejas películas de horror filmadas en blanco y negro. Quizá todo se trata de una extraña broma.

—¿Qué tienen en común esos tres lugares, además de militares y policías? —como no respondo, el Vampiro me dice con la paciencia de un profesor de primaria—: se trata… cómo decirlo, de una efeméride política en este año electoral. Para hoy están programados tres actos de campaña de los candidatos a la presidencia en los lugares que atacamos. De eso se trata, de enseñar el músculo, de demostrarles lo vulnerables que son —con uno de los gestos teatrales que tanto le gustan, me indica la puerta con la palma de la mano derecha extendida—. Gracias por haber venido tan temprano. El show ha terminado.

XX

DE VUELTA A MI CUARTO me siento impotente. Podría escribir una nota haciendo el recuento de los daños, la enumeración de los muertos y los destrozos, como lo hacen todos los días un par de diarios de la ciudad de México, donde se lleva la cuenta de los muertos, de los caídos en la llamada guerra del narco. Crímenes que permanecen impunes, miles de cuerpos sepultados en fosas comunes en decenas de cementerios del país. Podría enumerar los ataques, encontrar las similitudes en las acciones realizadas por los comandos armados. Una nota de respuesta inmediata, enviarla a donde fuera, a la misma oficina de la Dama de las Noticias, para que esta misma noche salga al aire. Cualquiera iba a agradecerme la información, sobre todo las imágenes que el Vampiro estaría dispuesto a darme. Después de todo, lo que busca es propagar el terror, pero no voy a hacerlo, necesito más información. Lo primero que se me ocurre es viajar de inmediato a Acapulco, Cuernavaca y Ahome. Pero aún contando con buena suerte, estaría en Ahome al anochecer, por lo menos un día de trabajo y luego el viaje a Cuernavaca y Acapulco para encontrarme ahí dos o tres días después de los ataques. Demasiado tarde. Lo que es un hecho es que tengo que largarme, estoy harto de los juegos de López, de esas alucinaciones suyas que incluyen muertos.

Busco mi mochila y unos cuantos minutos después estoy en la recepción del hotel, donde pago con tarjeta de crédito. Abordo el taxi que me lleva rumbo al aeropuerto. Decido arrojar por la ventanilla el teléfono portátil que me enlaza con ese personaje, que me ha dicho tiene una bala para mí. Estoy a punto de hacerlo cuando el aparato empieza a sonar. Tengo una llamada.

—¡No me digas que te vas sin despedirte! —me dice el tipo—. Todavía te tengo muchas sorpresas. Por lo pronto, si quieres aprovechar las imágenes de los atentados, te las regalo. Ofrécelas, véndelas, has con ellas lo que quieras. De seguro a tu ex mujer le gustarán. Imagínate abrir su noticiario con un reporte especial contigo, en vivo, presentado las imágenes exclusivas de los ataques ocurridos esta mañana. Será tu regreso triunfal a Telenoticias.

Odio reconocerlo, se trata de una exclusiva.

—Está bien, pero necesito enviar las imágenes ahora mismo. Regreso al hotel y te busco en tu habitación.

—Lo sabía… no puedes renunciar a una *nota* como ésta. Las imágenes son tuyas.

Le pido al taxista que regrese. Da vuelta al auto, toma un par de estrechas calles antes de terminar metido en el congestionamiento del centro de la ciudad. Circulamos a vuelta de rueda tras una larga hilera de automóviles. El chofer es un hombre mayor, al subir me sonrió con amabilidad, intentó conversar, el recurrente tema de las elecciones presidenciales. Como apenas le respondí con un sí y un no, buscó el tema del clima, jamás se había sentido tanto calor en Hermosillo, estábamos a principios de junio y el sol no daba tregua, las temperaturas eran las más altas que él recordaba se hubieran registrado en la ciudad en los últimos veinte años.

Hay tiempo suficiente, pasan de las once de la mañana, estoy a punto de marcarle a Magali por mi propio teléfono, cuando miro a Elena. Conocí a esa mujer hace un par de años. Fue una noche de las que no se olvidan, una efímera visita al paraíso. La miro caminar a lo lejos, el pelo le cae a la espalda, lleva una ajustada camiseta azul sin mangas y pantalón de mezclilla. Viene hacia acá, camina entre la gente con aire ausente, como quien no está del todo entre nosotros, en uno de los muchos sitios enormemente feos del planeta tierra. No he podido olvidar su belleza morena. Nos encontramos en el Lord Black. ¿Quién dice que las historias de amor en la penumbra de los tugurios duran el par de canciones pagadas para subir a un privado con alguna princesa del *table dance*?

XXI

PUEDO JURAR QUE ASÍ FUE. De camino a Mexicali, después
de haber viajado desde Culiacán, cruzado por Ciudad
Obregón, en un viaje documentando los daños causados
por una de tantas rutas usadas por el narco (proliferación
de las tienditas del narcomenudeo y las pandillas; la corrupción policiaca y la interminable lista de ejecuciones)
tuve que parar una noche más de lo planeado en Hermosillo. El contacto con quien me iba a encontrar jamás
llegó a la cita. Luego de esperarlo por horas descubrí que
ya era tarde para abordar el último autobús con rumbo a
Mexicali. Pasaban las nueve de la noche cuando regresé
a mi hotel.

Tengo el impulso de bajar del taxi y correr a encontrarme con ella.

Elena, ese es su verdadero nombre, aunque la conocí
como Alondra y me contó que también usaba Zulema,
Ámbar y Liscth. El hotel donde me hospedaba era poco
más que modesto: pequeñas habitaciones con lo indispensable, ni siquiera había televisión por cable. Elegí ese
lugar por pura paranoia, llevaba varios días en la ruta del
narco, transmití cuatro o cinco notas para el noticiario de
radio donde trabajaba por entonces y no quería despertar
sospechas, mejor pasar desapercibido, un huésped más

en ese hotel barato. Me esperaba una calurosa noche bajo las inútiles aspas de un viejo ventilador y sus rechinidos. Tuve suerte de encontrarme con una vieja película de Tin Tan, *La Marca del Zorrillo*, pero después de que terminó, enfrenté el vacío de la pantalla. Llevaba conmigo la antología de cuentos *Sólo tu sombra fatal*, de Paco Ignacio Taibo II, mi carnal, uno de mis maestros. No me canso de leer sus textos, descubro en ellos inteligentes estrategias narrativas, además de que siempre me divierten.

Leí un rato pero hacía demasiado calor, sudaba y se adueñó de mí esa necesidad de vagar que me asalta en las ciudades a donde me lleva mi oficio de reportero. Caminar un rato, luego ir a cenar al Vips cercano al hotel, comerme unos pepitos, beber una cocacola y regresar a mi cuarto a leer antes de dormir. El primer autobús a Mexicali salía a las seis de la mañana.

Ese corte de pelo, el viejo punk de un lado, con una larga *rasta* por un lado y, por el otro, largo y exuberante. Esa piel suave, voluptuosa, una promesa para el tacto. Voy a bajar del taxi, tengo que bajar del taxi. Encontrarme con Elena.

Aquella noche caminé un rato, rumbo al norte de la ciudad por un moderno boulevard. Llegué a las instalaciones de la Universidad y luego enfilé rumbo a la pista de atletismo. Nada como correr un rato para quitarse de encima los males acumulados en un viaje donde te topaste con un par de jefes de policía a quienes el narco tiene en sus manos. Plata o plomo. En ese mismo viaje conocí a aquella maestra de quinto año de primaria, en una escuela de barrio. Me enseñó los dibujos de sus alumnos, negras historias de padres dedicados al negocio del narco menudeo o metidos hasta el tuétano en las adicciones. Dibujos de una extrema sordidez representada por trazos y colores, concebidos por niños de nueve años. Por eso siempre me hace falta correr, sudar bajo el intenso sol de cualquier mañana de Hermosillo. Correr para quitarse de encima tanto mal.

Había caminado hasta la pista atlética, regresé por el mismo lugar, estuve a punto de cenar en un sitio donde vendían tacos de carne asada, pero llevaba ya cuatro noches cenando lo mismo. Enfilé rumbo al Vips, pero algo ocurrió; sin pensarlo demasiado, seguí de frente al hotel.

Ella se detiene frente al semáforo donde esperamos la luz verde. Está a unos cuantos metros de distancia, no nos hemos vuelto a ver desde entonces, un par de llamadas, una cita pospuesta muchas veces. El taxi avanza despacio hacía donde Elena camina sin saber que la miro. Jamás la confundiría, llevo su rostro con ojos almendrados; sus labios carnosos; la profunda mirada de las mujeres que encierran un enigma, grabado en el lugar donde las sensaciones se interpretan, donde reposan los sueños y se fraguan las ideas, tal vez en el alma o el corazón, o en un minúsculo rincón de la corteza cerebral.

Esa noche, antes de llegar al hotel, me topé con el Lord Black. El neón como una tentadora promesa. La cueva de un pirata con servicio de bar. No me gustan esos sitios, lo que ocurre en ellos es triste a pesar del estruendo de la música, las lentejuelas y la belleza de las mujeres que andan por ahí. La representación del deseo y la fantasía ocultan la cruda realidad de miserables solitarios dispuestos a pagar por una dosis de falsa ternura. Un carnaval de explotación laboral bajo los reflectores del escenario y el tubo, con el lado sórdido de la penumbra en los privados donde se puede tocar, sobar, apretar.

Tengo que bajar del taxi, encontrarme con ella, sonreírle, decir hola como si no hubiera pasado un par de años desde que aquella noche nos conocimos en el Lord Black.

Entré al antro empujado por el tedio, fui a sentarme en un rincón, convertido en uno más de esos solitarios, como ese cincuentón con aspecto de burócrata que andaba por ahí de contrabando, dispuesto a pagarse un par de copas con los viáticos de su trabajo como ingeniero de sistemas al servicio de una empresa maquiladora. O como ese otro, sentado frente al escenario, de quien podría adivinarse que sufría una historia de eyaculación precoz y los amargos reproches de una esposa insatisfecha. Estaba también aquel hombre de lentes, con aspecto de profesor jubilado, quien miraba desde la barra a las mujeres con verdadera codicia, mientras bebía desesperado. A ese ritmo iba a terminar ahogado de borracho. Un grupo de clientes, de seguro habituales del lugar, hablaban con familiaridad a los meseros y saludaban de beso en la mejilla a las mujeres. Otro grupo celebraba el cumpleaños del más joven de ellos. Había algo que no me gustaba de esa gente. Un mal presentimiento. Pedí una cerveza y el mesero me miró con recelo, qué hacía ahí un tipo como yo, me había equivocado de película. No estaba invitado a la fiesta. Era sospechoso, además de un tacaño que esperaba que con pagar por una cerveza cubría su derecho de admisión al paraíso.

Ella camina hacia el taxi en el que me encuentro, confundida entre la gente, nuestras vidas pudieron seguir su curso sin llegar a cruzarse, aquella noche ni ella ni yo deberíamos estar en el lugar donde nos encontramos, pero ese encuentro confirma el absurdo del azar, los desatinos de ese dios borracho.

Esa noche la miré a lo lejos, iba enfundada en un vestido que simulaba ser la piel de un felino, un tigre, un leopardo, confeccionado con un material aterciopelado al tacto, elástico, ajustándose a las rotundas formas de aquella mujer que caminó decidida hacia donde me encontraba. Sin decir nada se sentó a mi lado, no pude evitar descubrir en su sonrisa un resabio de pena y rencor. Intenté sonreír. Hablamos de cualquier cosa, al principio desempeñamos de la mejor manera el papel que representábamos: la chica del bar y el cliente que paga la cuenta. Sin darnos cuenta, más allá de lo que hablábamos, entre nosotros se gestó un vínculo. He tratado de explicar su origen, pero nada tiene que ver con lo que se dice en situaciones similares, es algo químico. Zulema se despojó de Alondra o cualquiera de sus otros nombres, para encontrarse conmigo. Lo primero que descubrimos era que ambos habíamos viajado mucho antes de encontrarnos en Hermosillo esa noche. Ninguno de los dos debía estar ahí. Ella tenía que trabajar hasta el siguiente sábado y yo debería estar ya de camino a Mexicali. Nuestras historias sonaban un tanto falsas, la del periodista que perdió el autobús, la de la bailarina recién llegada a la ciudad. Más allá de los decibeles de la música necesarios para el aturdimiento, del incesante espectáculo de tangas y acrobacia, de mujeres de desnuda belleza actuando en la pista frente a codiciosos lobos, que ocultan hombres tristes dispuestos a pagar por la ilusión de las nalgas, los pechos, los culos… nosotros descubrimos que hacía por lo menos un par de días que no hablábamos con nadie más allá de lo necesario, ella en su viaje rumbo a Hermosillo y yo tras el reportaje que armaba.

Había llegado el momento de terminar de una vez con el silencio de sus llamadas suspendidas sin remedio ante mi rutina del mago, quien desaparece dejando la impresión de que dejó algunos trucos pendientes. Decido bajar la ventanilla del taxi y gritar su nombre con todas mis fuerzas.

Aquella noche Elena me habló de todas las otras mujeres que había sido: Ámbar en Mazatlán, Liseth en Guadalajara y Alondra en Tepic. Zulema en la ciudad de México, donde la anunciaban como una belleza venezolana. De pronto llegó el momento esperado, su turno de subir al escenario. La primera parte de su actuación fue pródiga en ritmo, pura energía, una explosión de sensualidad. La tentación de saciarse de mujer. Luego siguió una suave canción de amor como fondo a los suaves movimientos de la bailarina que se despoja del vestido de leopardo y luce una minúscula tanga negra. Los turgentes senos, la contundencia de las nalgas, el subyugante sexo. Mi amada de esa noche se tiende sobre el escenario, me dedica los lascivos movimientos que arrebatan aplausos y silbidos. Su actuación termina con la dulce sonrisa que dedica al rincón donde aguardo su regreso.

¿Por qué no me atrevo a bajar de una vez del taxi?

Elena se tomó su tiempo para volver a la mesa donde la esperaba, cambió de vestido, minifalda y top. Se recogió el pelo, para lucir sus exóticas facciones, resultado de quién sabe cuántos mestizajes. Nos besamos y luego nos quedamos en silencio por un rato, hasta que la realidad irrumpió entre nosotros con sus malas noticias: huía de un hombre. Un personaje nefasto, quien se decía narco y la golpeaba. Eran las dos de la mañana y estaban a punto de cerrar el antro. Nos fuimos juntos. Salió ataviada con pantalón de mezclilla y gorra de beisbolista. Parecía un chico. Hicimos el amor convencidos de que sería la última vez que nos veríamos.

Elena da vuelta a la esquina, se pierde entre la gente. No me atrevo a llamarla, a bajar del taxi y correr tras ella. La noche del Lord Black pasó hace mucho tiempo.

XXII

LAS CAUSAS Y LOS EFECTOS de lo que ocurre son de lo más extraño. Después de mirar a Elena, de seguir en el taxi sin atreverme a bajar a buscarla, decidí no volver al hotel donde Joe López me espera.

—Otro cambio de ruta —le digo al taxista—, volvemos al aeropuerto.

No quiero regresar a casa resignado a contar una historia fragmentada, necesito ir tras los candidatos. Neto, el jefe de información de *Semana* me pide lo llame en diez minutos para decirme cuál es el itinerario de las campañas programadas por los candidatos a la presidencia. Nos encontramos en la recta final, un mes antes de las elecciones. Los pronósticos, los posibles escenarios de lo que puede ocurrir, como dicen los especialistas, colocan como el enemigo a vencer al abstencionismo. En un país en crisis la democracia parece distante. A los políticos de todos los partidos se les mira con desconfianza. El viejo sistema ha sabido transformarse antes de fenecer: vivimos 12 años de gobiernos priístas sin el PRI en Los Pinos.

Neto y su ácido humor al teléfono:

—Ya está cabrón, no se para que vas tras ellos, pero dales mis saludos… un voto en blanco para que se vayan de una vez a la chingada.

Le propongo el texto, los atentados ocurridos esta mañana, el narco muestra el músculo a los candidatos presidenciales, les deja ver que está cerca, muy cerca de ellos. Tengo que pagar con mi tarjeta de crédito el boleto a la ciudad de México para luego viajar rumbo a Saltillo, en otro avión. Más deudas y los pagos en *Semana* diferidos a vaya saber cuándo. La revista naufraga, nos hundimos sin remedio. Navegamos a la deriva, convencidos de no ceder a las entrevistas a modo con algunos gobernadores o a las buenas noticias que paga generosamente la oficina del presidente, esas inserciones con información de dudosos avances de un gobierno montado en la ilusión, dispuesto a terminar con la miseria por decreto y a fuerza de propaganda.

Tengo suerte. Encuentro un vuelo a la ciudad de México. Cuento con el tiempo justo para comprar el boleto y llegar a la sala de espera. En cuanto me siento, en uno de los duros sillones de plástico de la aséptica sala, busco el teléfono que me dio el sujeto aquel, a quien alguna vez llamaron Cucaracha. Tengo el impulso de ir al baño más próximo, arrojarlo a la taza y bajar la palanca. Adiós a la pesadilla de las escenificaciones y los juegos del guerrero del Apocalipsis. Me contengo, sólo apago ese teléfono, por el momento me tiene sin cuidado cuál pueda ser la próxima jugada del personaje. El nuevo acto de terror con el que quiera sorprenderme. La explosión en algún lugar público; un tiroteo con docenas de muertos; una centena de cadáveres hallados en el fondo de una mina abandonada convertida en narcofosa.

Me urge largarme de aquí, lejos del Vampiro y su mala influencia. Quiero hacer mi trabajo, sólo eso. De camino a la central de autobuses voy a pasar a mi casa por mi *lap* y seguir adelante, por el momento di por terminada la pesadilla.

Por fin llega el momento de subir al avión, encuentro mi lugar, el 7D, me sujeto el cinturón y me lanzo a un pesado sueño del que despierto para beber la cocacola que me ofrece una sonriente sobrecargo. Luego de un rato, aterrizamos. El regreso a casa. Nunca te acostumbras a que nadie te espere, al silencio al abrir la puerta, al tufo del abandono y la inmovilidad de esos lugares, donde los solitarios pasan la vida. No hay remedio. Ni Ana, ni la Dama de las Noticias, ni Elena, ni tú, la amante de lejos, la ausente. Recojo la *lap*, busco algo de ropa para cambiarla por las camisetas y calzones sucios que traigo en la mochila. Me doy una rápida ducha y ya está, de nuevo voy de viaje. Apenas recuerdo al Vampiro, parece que lo conocí hace siglos. Ha pasado una eternidad desde que nos encontramos en aquel motel de la carretera cercano a San Luis Río Colorado.

Siempre que viajo tengo la fuerte tentación de cambiar de destino.

XXIII

LA PLAZA DE NUEVA ROSITA, en la región minera de Coahuila, espera al candidato del PAN. Las banderas, las matracas, las porras, el viejo clientelismo político bajo una nueva bandera. El lugar luce atestado, la nueva fuerza del acarreo a través de los programas sociales surte efecto. La multitud soporta el inclemente calor. Todos están hartos, el mitin para el que fueron convocados transcurre con la lentitud y el tedio de previsibles discursos de políticos de segunda fila que esperan alguna vez ser tomados en cuenta por el candidato. Un vendedor de helados y paletas hace su agosto. Hace rato que la concurrencia dejó de atender la cascada de frases hechas y promesas que todos sabemos, jamás serán cumplidas. El mismo candidato, ese personaje con el aspecto del mejor estudiante de la clase, bajito, de lentes, sospechosamente correcto, también se aburre. Han sido ya demasiados viajes, demasiados discursos, un interminable espectáculo por el que hace mucho tiempo perdió el entusiasmo. Debe ser un mal día, cuando se come a deshoras y donde se puede; se llegan a sufrir severos daños estomacales.

Llegué con el tiempo justo para buscar a Melquíades, viejo sindicalista minero, a quien conocí cuando un año después de la tragedia de Pasta de Conchos documenté las condiciones de explotación de los mineros de la región y la impunidad, todavía hoy persistente.

Para describir a Melquiades no hay que recurrir a ese rostro suyo donde el tiempo ha dejado además de los esperados surcos de vida en un hombre de más de sesenta años, una imbatible sonrisa. Tampoco hay que hablar sobre su cuerpo, grueso, forjado en el trabajo de la mina. Más bien hay que contar cuál es su otro oficio, el de los domingos y, en ocasiones, los días festivos: Melquíades, a mucha honra, es payaso.

Por aquello de los significados políticos y además porque tuvo ganas de hacerlo, mi amigo ha venido al mitin del candidato panista a la presidencia con su mejor facha, y su mejor facha, la de payaso. Me siento a gusto a su lado, entre los mineros que no soportan tanta simulación.

Me pregunto si el candidato está preparado para aguantar la tormenta de reclamos que se le avecina. Por mi parte he venido a hacerle un par de preguntas, sólo eso, para completar la historia que tengo entre manos. Después del mitin, antes de que la comitiva suba al autobús y viaje rumbo al siguiente pueblo en el itinerario, habrá tiempo para una improvisada conferencia de prensa. Una chica muy amable, de imponentes lentes oscuros, vestida con ropa de marca, de profesional sonrisa, me dijo que las preguntas "iban a estar acotadas: temas económicos y el necesario impulso a la industria minera", nada de incómodos cuestionamientos sobre la justicia pendiente en Pasta de Conchos, las condiciones laborales de los mineros y, mucho menos, la violencia del narco.

Para los invitados especiales colocaron al frente un toldo y sillas. Entre ellos puede encontrarse a alguno de los socios de las empresas mineras, también a los dueños de los negocios más productivos de la zona, todos derivados de la industria minera. También por ahí deben estar sentados los emisarios de quienes detentan el poder político y económico en la zona, los viejos caciques. Algunas de las damas agitaban cursis abanicos, que hay que reconocer terminan por ser útiles, mientras los caballeros miraban con impaciencia su reloj. Toda similitud con una escena del porfiriato, más que una coincidencia, es una apabullante realidad. Para confirmarlo hay que mirar la pobreza de la gente *acarreada*, en su mayoría mujeres, quienes viajaron vaya saber desde dónde para estar aquí y pese al cansancio, al fastidio y al infernal calor, aplaudir, echar porras y agitar matracas pintadas de azul y blanco. El control impuesto a estas mujeres debe ser riguroso, impuesto bajo la amenaza de que quien no asistiera al mitin en Nueva Rosita podría perder el apoyo, la dadiva del programa tal o cual… para vivir mejor.

Por fin llega el turno del candidato, los aplausos, las vivas que se escuchan provenientes del amplio sector del acarreo mitigan los reclamos de los mineros. Todo estaba planeado, un montaje para el marketing político registrado por las 12 cámaras de televisión colocadas frente al templete donde el candidato camina despacio hasta el micrófono que lo espera.

Nada nuevo, un discurso que tiene como ejes principales las claves de la demagogia del gobierno que está por terminar. Las cifras del empleo generado a pesar de las difíciles circunstancias, la economía a salvo, lo mismo que el país. Los nuevos héroes nacionales confrontaron el más difícil entorno pero triunfaron, y no importa que a lo largo del régimen se hayan multiplicado los pobres, a quien le importan los datos duros del desempleo y la precariedad económica, si se confía en el promisorio futuro del México construido con la solidez del discurso de una nueva generación de mexicanos a quien nadie puede reclamar los errores del pasado. Si la realidad contradice lo que dices, ni la mires.

Ni siquiera los invitados de honor, las damas de los abanicos, los impacientes caballeros, aplauden con entusiasmo. El candidato no puede ocultar su fastidio, después de tanto esfuerzo, de aguantar como sólo Dios sabe los retortijones, se retira convencido de que la gente de este pueblo, sobre todo los mineros que no dejaron de increparlo con sus gritos y chiflidos, no merecen su gobierno. Pueblo de miserables.

Mi amigo Melquíades camina decidido a donde está la fila de quienes esperan estrechar la mano del candidato bajo el estricto dispositivo de seguridad del Estado Mayor Presidencial. Todo aquel o aquella que desee estar cerca del candidato debe someterse a una rápida revisión. A pesar de que sólo hay lugar en la fila para los acarreados que portan un cartón con un número de identificación, mi amigo tiene suerte, las cámaras se han apostado cerca, de seguro con el encargo de demostrar en los noticiarios de televisión que al licenciado no le molesta el fervor de sus simpatizantes, que no evade la necesidad que todo político tiene cuando se encuentra en campaña, de darse baños de pueblo.

Melquíades y sus enormes zapatos de dos colores; su calva artificial; su colorida sonrisa, y ese traje suyo confeccionado por él mismo en homenaje al viejo payaso Bozo, a quien ya pocos recuerdan. Melquíades, frente al candidato y las cámaras. La mano del licenciado que se queda tendida en el aire. El grito, "justicia para Pasta de Conchos".

Luego mi amigo el payaso se cruza de brazos antes de darle la espalda al candidato en un evidente gesto de desprecio.

Después de meses en campaña, el licenciado sabe lo que tiene que hacer todo candidato cuando enfrenta situaciones poco gratas. Sólo hay que seguir adelante con una sonrisa.

La chica de las acreditaciones de prensa, quien me exigió que le enseñara la identificación que llevó en la cartera, donde apenas reconozco al personaje fotografiado hace algunos años (Reportero de *Semana*) me pidió encontrarme con ella detrás del templete al final del mitin. Había dos posibilidades para celebrar la conferencia de prensa, bajo el autobús donde viajaban los colegas de los medios, o en algún lugar que pudiera encontrar, tal vez un auditorio o algo similar. Me pidió que colaborara, como lo hacían todos los demás reporteros, nada de "chacaleos" (esa práctica de encimar al declarante en turno con cámaras y micrófonos tan necesaria en la prensa diaria). Tampoco preguntas que pudieran estar "fuera de lugar". "Necesitamos un periodismo con orden", insistió.

Ella misma, la jefa de prensa de la campaña en operaciones, fue a rescatar al candidato de la enorme fila que lo esperaba con el saludo y el papel doblado con alguna petición. Puedo apostar que la mayoría de la gente pide trabajo; sólo eso, el poder ganarse la vida con dignidad.

Al candidato se le ve cansado, parece no importarle demasiado la prensa, espera un ejercicio cómodo y ordenado de preguntas y respuestas, una conferencia de prensa de rutina, que se lleva a cabo atrás del escenario donde realizó el mitin, con los reporteros formando un semicírculo a su alrededor.

Tengo dos caminos, esperar pacientemente a que transcurra una docena de dóciles preguntas con las previsibles respuestas del candidato o romper el orden impuesto por la chica que, muy mona, me sonríe como advirtiéndome que me vaya con cuidado, lo cual no me importa.

—Licenciado, ¿qué opina de los ataques perpetrados ayer con granadas? Usted suspendió un acto de campaña en Ahome, Sinaloa.

Al candidato debe aquejarlo un retortijón. Me mira con desprecio, debe preguntarse quién es el mugroso de la camiseta y la barba crecida de tres días que con insolencia extiende una grabadora sobre su rostro.

—No tengo nada qué declarar. El acto en Ahome fue suspendido por cuestiones de agenda. Sólo por eso.

Insisto con otra pregunta, a pesar de que algunos colegas protestan. Hace demasiado calor. Quién es este tipo que se salta las trancas, no sabe que hay que preguntar con orden.

—¿Cuál es su opinión sobre esos actos? ¿Representan una amenaza del crimen organizado?, ¿son actos de terrorismo?, ¿un intento por desestabilizar el proceso electoral?

El candidato palidece.

—No tengo comentarios… ¿alguien tiene otra pregunta? —dice alzando la voz. Busca a alguno de los periodistas incondicionales al poder, quienes hacen tanta falta en momentos como éste.

Los políticos son como los avestruces: cuando se ven amenazados meten la cabeza en un hoyo.

XXIV

El Four Seasons se encuentra en la avenida Reforma, un lujoso hotel donde hace algunos años entrevisté a Miguel Bosé. Apenas tengo tiempo para llegar al desayuno, un acto anunciado largamente como "Encuentro con empresarios" en la agenda de la campaña v, sin decir nada más, ni hablar de que se trata de un acto nodal en la campaña del candidato del PRD a la presidencia, donde se pretende establecer nexos con empresarios convencidos de que el sistema ya no da para más, con los que quieran salvar sus empresas y traer de regreso los dólares que muchos de ellos mismos han sacado del país en los últimos años.

Por la noche regresé de Coahuila, por fin dormí en mi cama. Al salir tomé un taxi rumbo al lujoso hotel cercano al Bosque de Chapultepec.

El taxi se detiene, nos topamos con la primera marcha de uno de tantos días en los que las protestas se disparan, donde lo mismo trabajadores del Sindicato Mexicano de Electricistas, que profesores de Oaxaca y colonos del oriente de la ciudad, toman las calles en actos marcados por la desesperación. Bajo del taxi y empiezo a andar por el inacabable tianguis que se extiende por las aceras, un infinito muestrario de mercancía *pirata*, cruda expresión lo mismo de las estrategias de la supervivencia que del consumo desaforado de todos quienes sufren la crisis en sus bolsillos. ¿Cuántas películas, relojes, calcetines, cachuchas y cds se venden en los puestos montados con varillas y mantas?, ¿cuánto es el monto estimado de las transacciones callejeras en la ciudad de México, el corazón de un país *pirata*?

Todo está bajo control. Una de las ventajas del Four Seasons es su aislamiento, nada de lo que ocurre en las calles contamina el suave silencio de su jardín, la elegancia de sus pasillos, la costosa comodidad de los lujosos cuartos reservados para la aristocracia del dinero y el poder. Esta mañana se reúnen aquí los empresarios con el candidato de la izquierda que nos queda.

La revisión para acceder al evento es estricta, receloso personal de seguridad, un par de arcos de rayos x similares a los de los aeropuertos. Enseño mi vieja identificación. Un sujeto de pelo corto, de imponente físico y debilidad por las películas de acción, la mira con desconfianza. De poco me sirvió haberme afeitado, tampoco sirve la corbata que encontré en el fondo del clóset y anudé con dificultades al cuello de la camisa blanca rescatada del olvido. Hace mucho que renuncié a la imagen de un periodista importante; prefiero la comodidad. Además, hay que desconfiar de la mayoría de quienes aceptan el estereotipo.

El tipo por fin me deja pasar, aunque revisa con cuidado mi mochila, imposible separarme de mi grabadora, mi agenda, la libreta de las anécdotas y las ideas, tampoco del libro *Sólo tu sombra fatal*, que me acompaña.

—Rodrigo… —dice la mujer que dejó pasmados con su presencia a los guardias.

Tardo en recordar quién es, apenas la reconozco, se tiñó el pelo, un castaño claro que le va muy bien. Lleva un vestido verde malva de una ligera tela. La pura elegancia. Rosaura Capella, periodista española, a quien conocí cuando me buscó para que le hablara sobre las mujeres y el narco.

—Hola —digo. Un beso en la mejilla. El perfume elegido esa mañana por esa mujer resulta un sensual llamado.

De camino a la mesa hablamos de cualquier cosa, del clima, de este lluvioso verano, del caos de la ciudad.

A la concurrencia del amplio salón no le interesa ocultar sus privilegios; es más, los detenta con los atributos de su vestuario y sus joyas. Es inevitable percibir la evidencia del color de piel y los efectos de la buena alimentación, los *güeritos* son los afortunados ganadores del botín en este país donde los indígenas son condenados a la miseria y la exclusión. México S.A.

—Mira qué acto, el encuentro del candidato del PRD con sus adversarios, sus enemigos —dice, mientras se sirve con parsimonia agua fría en un refulgente vaso de cristal.

Tengo la impresión de que Rosaura aún no comprende los códigos mexicanos.

—Tiene que negociar, no aislarse, ser sensato. Es su única oportunidad —reconozco la voz de Evaristo Suárez Peña. Me arrepiento de haber elegido esta mesa, la mesa a donde llegó el director de *Nuevo siglo*. A Suárez Peña se le puede definir como intelectual *for sale*, siempre bien acomodado, sexenio tras sexenio cercano al poder sin que le importe demasiado la exigua definición ideológica de quien lo detente. Uno de los voceros más sagaces del régimen, quien no me sorprendería que después de saborear el menú saludara efusivamente al candidato rival de sus patrocinadores sin empacho alguno.

—Son los efectos del moderno marketing político. ¿Quiénes serán los nuevos asesores del candidato? —pregunto con el propósito de no perder la atención de Rosaura. Suárez Peña tiene el descaro de sentarse a su lado con una actitud de "a veces bajo del Olimpo para rozarme con los mortales y elegir a una de las suyas".

—Te llevarías una sorpresa, una enorme sorpresa, si dijera el nombre del más importante de ellos —dice, con la soberbia de ser uno de los pocos que conocen los recovecos del poder. Hay algo en la voz de este tipo que siempre me ha molestado, una suerte de extraño acento nasal. Alguna vez escribiré una historia de ciencia ficción donde prometo que aparecerá como invasor infiltrado entre los humanos.

La creciente tensión que se percibe entre nosotros se mitiga con el inicio del evento. Un par de los colegas reunidos en la mesa se dispone a tomar nota con celo profesional de los discursos. Rosaura mira todo con asombro, el espectáculo de la política mexicana es como un circo donde los tigres bailan al son que les toquen, los domadores huyen y los payasos son severos y mentirosos. Una exhibición de ruindades, de trapecistas del poder y enanos convertidos en dueños de los trucos de magos fracasados. A nadie, ni al equilibrista, tampoco al comefuegos, mucho menos a los fenómenos, les importa que les caigan en la maroma.

Los actos políticos son una versión del mismo descaro en cualquier parte del mundo. El presidente de la Coparmex se congratula de poder estrechar la mano de un mexicano valeroso, de los que hacen tanta falta en momentos como éste. Otro de los empresarios, animoso emprende un discurso para perderse en un laberinto de cifras con las que intenta demostrar que, a pesar de la crisis, la planta productiva del país está a salvo. Que se lo digan a los millones que día con día protagonizan las mil y un marchas de la desesperación.

Los políticos asistentes, lo mismo que los periodistas, se encuentran segregados, ocupando las mesas colocadas en el lado izquierdo del salón. El candidato se levanta de una de esas mesas, se toma su tiempo para llegar frente al micrófono colocado en el centro de lo que más bien parece un set televisivo montado con reflectores y cámaras de televisión.

Nada nuevo, el mismo discurso, la esperada reflexión sobre la pobreza, cierta dosis de agudeza al establecer una comparación con los indicadores de la economía mexicana de hace doce años, justo cuando el PAN llegó a la presidencia y terminamos de perder el rumbo.

El candidato y sus apuntes para el discurso con los empresarios

Hay que tener cuidado al hablar de la participación del Estado en la economía, del control que debe haber sobre el mercado. Al hablar sobre este espinoso tema, buscar datos sobre la gestión de modernos gobiernos democráticos como el de España o el de Brasil. Insistir en la palabra democracia. Luego en la necesidad de un cambio de rumbo, de una nueva política económica, de un modelo distinto al neoliberalismo que ya todos desprecian. Remarcar la existencia de la dorada burocracia mexicana, una elite perjudicial. Citar datos de los exorbitantes salarios de algunos funcionarios, compararlos con los de sus pares en Estados Unidos. Insistir en que ese dispendio se paga con los impuestos de los mexicanos. Todo puede ser distinto, encontrar estrategias para el verdadero desarrollo, generar empleos para abatir la pobreza. Hablar de la ineficacia del modelo asistencialista con el que se atiende a los millones de pobres. Una pérdida de recursos, que sólo mitiga el problema. Insistir en lo que ha sido el tema central de la campaña: llamar a la refundación de México.

Sobre todo, no mostrarse beligerante.

XXV

TAL VEZ POR GANARLE la partida al director de *Nuevo siglo*, por hacerle ver a Rosaura la agudeza de los veteranos de nuestro oficio, llevé la cuenta de las veces que el candidato habló de los trabajadores frente a los empresarios.

—Dos veces, sólo dos veces en un discurso de veinte minutos —digo antes de despedirme y dejar en las garras del enemigo a la doncella. Mejor, alguna vez tendré que rescatarla del castillo donde el ogro la tendrá cautiva.

Neto había pactado una entrevista. Raymundo Loza, el jefe de prensa del candidato era amigo de *Semana*, por ahí aparecen siempre los apoyos que evitan que la revista muera de inanición.

Nos encontramos en el lobby del hotel. Tuve que esperar un rato a que concluyera una entrevista para la cadena Telemundo de Maimi. Por fin llega mi turno, el candidato me recuerda de la época de Telenoticias, ha leído algunos de mis reportajes en *Semana*. Reconozco que hago muy poco para que nuestra entrevista no resulte un mero trámite, no hice la tarea, no la preparé como debía. Sólo me interesa hacer el par de preguntas finales de nuestra charla.

—¿Qué opina de lo ocurrido ayer en Acapulco? Usted suspendió una gira relámpago por el estado de Guerrero.

—Es un hecho que la seguridad pública está vulnerada. Son los efectos de la violencia de estado. El problema del narcotráfico tiene que ser enfrentado desde una perspectiva más amplia. Por nuestra parte creímos que fue prudente hacer una pausa, no quisimos ser víctimas de lo que puede ser una preocupante provocación.

—¿Pudo ser un acto de terrorismo?

—Sin duda. Nuestro temor es que este proceso electoral se manche de sangre.

XXVI

Volví a casa apenas para recoger lo necesario y viajar al puerto de Veracruz, donde el candidato del PRI a la presidencia se reúne esta tarde con las huestes de la Confederación Nacional Campesina, un acto masivo, en el estadio de futbol Luis "Pirata" Fuente, donde a la vieja usanza, la maquinaria electoral del viejo PRI demostrará su fuerza. Sobran minúsculas piezas para el engranaje de la maquinaria del clientelismo, pobres y más pobres. Hay quien voltea al pasado y se engaña con el falso recuerdo de un país distinto, el de los exiguos años dorados del sistema político mexicano, antes del TLC, cuando el campo además de pobres y migrantes producía alimentos y era consagrado por la olvidada mitología nacionalista. En ese entonces, las correas del poder político eran de millonarios apoyos y los sectores del PRI, sobre todo el de los campesinos y los obreros de la CTM, representaban los incondicionales apoyos del aspirante a tlatoani con banda presidencial.

Ahora todo ha cambiado para empeorar. Al abandono del campo hay que sumar las acechanzas del narcotráfico, la violencia que impone sobre amplias regiones del México rural. Más de uno de los poderosos barones de la droga debe reconocer los orígenes de su imperio en el México rural y el PRI, y todos deben aspirar a restablecer un pacto con el poder político.

Quise hospedarme en uno de los viejos hoteles del malecón, a donde solía ir con ánimo de escribir, donde me gustaba estar solo con aquellos fantasmas, que se asomaban en los rincones de la habitación para sorprenderse con un vivo aparecido entre ellos, pero todos los hoteles del centro estaban saturados por los priístas. Eventos como el de esta tarde en el estadio de futbol tienen como su principal propósito demostrarle a propios y extraños la fuerza del partido que inventó el modo de hacer política a la mexicana, la matraca y los cañonazos de 50 mil pesos, que nadie resiste. "Estamos de regreso", dice el eslogan de campaña elegido por el candidato, un joven dinosaurio, representante de los sectores más duros, conservadores y poderosos del PRI.

El taxista, un tipo silencioso con aspecto de enfermo, quien apenas hablaba, me llevó al Motel Los Pinos. La mujer de la recepción se sorprendió al verme llegar solo y a pie. No expliqué nada, pagué y caminé por el estacionamiento hasta encontrarme con la habitación 17. Al abrir la puerta percibí un aroma de rancios sudores, de emanaciones corporales que no alcanzaba disimular el desodorante aroma lavanda.

He estado en peores sitios, así que arrojo por ahí la mochila y me echo en la cama un rato. Tengo un par de horas antes de ir al estadio, espero llegar temprano, tengo curiosidad de mirar el montaje del evento en el que actuará la Banda Durango, las Chicas del Son, además de Sabrina Suárez, cantante veracruzana convertida en popular animadora de programas de televisión; la actuación de los luchadores enanos está dedicada a los niños.

Decido que es tiempo de prender el teléfono portátil que me dio el Vampiro, y veo media docena de llamadas perdidas. El juego no ha terminado, pero es mi turno, aprieto un par de teclas y escucho el tono de llamada.

Del otro lado de la línea reconozco la voz del tipo al que le gusta decir que es el encargado de organizar las fiestas del narco, fiestas sangrientas como la de la masacre en el penal de Ciudad Juárez.

—Qué sorpresa —dice con el patético tono de los enfermos de hospital a quienes alegra cualquier llamada.

Después de guardar silencio por un instante, de buscar en su arsenal de intimidaciones, dispara la más eficaz:

—Pensé que ya te habían *levantado*. Un periodista más en la lista de los desaparecidos.

—No me ha llegado la hora, tengo mucho qué hacer —respondo en automático.

—No estés tan seguro —dice con un dejo de amargura.

—Bueno, dejemos para después las reflexiones sobre mi futuro.

Me gustan los cuartos con viejos ventiladores colocados en el techo, los prefiero al aire acondicionado, miro las aspas metálicas dar vuelta deprisa, en un vano intento por mejorar el aire encerrado de esta habitación.

—Son las dos de la tarde. Hasta para alguien como tú es demasiado temprano para hablar de muertos. Estoy en Veracruz, en el último de los encuentros con los candidatos, a quienes mandaste el mensaje de las granadas. Te tomo la palabra: quiero las imágenes que me prometiste.

—Lo sabía —imagino el tono sombrío de su sonrisa. No me gustan los personajes que tratan de demostrar que tienen el control. Menos aún aquellos que, por decirlo de alguna manera, te tienen en la mira—. Esas imágenes son tuyas, te las regalo. Sé que significan tu regreso triunfal a Telenoticias. Imagino que hiciste tu trabajo, ya entrevistaste a un par de los candidatos, les preguntaste sobre la violencia… eso es. Te quiero dar una sorpresa. Esta noche gente cercana a ellos recibirá un mensaje. No te alarmes, es sólo un mensaje. Sabrán que hay alguien que se acercó y habló con ellos. Un periodista que les preguntó sobre los efectos de las granadas en sus aspiraciones políticas.

Me molesta ser usado. Lo que me ocurre resulta una metáfora del modo de actuar de los medios frente a la violencia. No voy a guardar silencio. Me opongo a la mordaza impuesta por las armas, a la exigencia de ocultar las consecuencias de la violencia, a negar que en este país hay regiones donde se vive bajo la amenaza del secuestro, la extorsión, con la diaria noticia de los ejecutados, donde el terror impuesto por los grupos paramilitares del narco ha llegado a paralizar ciudades enteras con bloqueos callejeros, o la amenaza de disparar en contra de niños en las escuelas.

Escucho un sonido que ya me es familiar, el de la sonrisa del agónico personaje del otro lado de la línea, del tipo que me dijo: "Tengo una bala para ti".

XXVII

EL TAXISTA ME MIRA con recelo, desconfía del hombre solitario que lo aborda afuera del motel los pinos. La tarde es calurosa, invita a dormir la siesta y luego de despertar darse un duchazo para tomar café en los portales del centro, dejando correr la vida sin apuro. Hace años que no visito el puerto con el propósito de disfrutar el mero placer de ir de aquí para allá sin prisas, ni urgencias.

El taxista, uno de esos viejos a quienes la vida condena a ganarse la vida detrás del volante cuando debería disfrutar la última estación de la existencia, es un jarocho a toda ley, gozador de la vida, quien no pierde ocasión para festejar la belleza de las mujeres que se cruzan por nuestro camino, algunas de ellas tocadas por la gracia de la sensualidad de los trópicos, como un par de morenas exuberantes, capaces de parar al tráfico y a la ciudad entera, si lo decidieran.

—Así es, mi amigo, cuando los años se nos vienen encima no queda más que el gusto de mirar, y yo, la verdad, me las acabo con los ojos.

Apenas subí al taxi, "Juvencio Bernal, para servir a Dios y a usted", se presentó con una franca sonrisa. De holgada guayabera, moreno, con el pelo entrecano peinado al estilo de viejo galán *envaselinado*.

—Aquí me tiene, de un lado para otro, metido en el taxi doce horas diarias, pero no me quejo, al final del día, me tomo un par de cervezas y me consuelo con mi Juana. Tenemos un par de bisnietos, nos peleamos como perros y gatos, pero lo bueno está cuando nos reconciliamos: hacemos el amor sin que nos importe el titipuchal de años que llevamos encima.

El chofer conduce tranquilo, no lo perturba ni el pesado tráfico con el que nos topamos, ni la tensa expresión del tipo que alcanza a mirar por el retrovisor. En cambio a mí la tensión me sofoca, tengo el temor de que la fiesta priísta en el estadio ceda su lugar a una tragedia provocada por un acto de terrorismo.

De una larga hilera de autobuses estacionados desciende una multitud, hombres y mujeres con una actitud de resignación ante la catástrofe de la pobreza, niños para quienes el futuro representa la certeza de la exclusión y la miseria. Todos ellos son las ínfimas piezas de la maquinaria del clientelismo político, los acarreados. Al entrar al estadio pequeñas banderas tricolores les serán entregadas junto con la torta y el refresco.

Sé que puede ocurrir lo peor, basta con un tiro, disparado en el momento justo, sin que importe siquiera que haya algún blanco; un tiro al aire, para que la muchedumbre se precipite en una estampida provocada por el temor. Decenas de personas morirían. Un tiro, sólo un tiro, después de que se haya extendido por las tribunas el rumor de que el candidato sería asesinado.

Puede ser una explosión, un estallido que de manera abrupta interrumpa la música de la Banda del Recuerdo, que cimbre al estadio. Montones de muertos.

Cualquier hecho proveniente de la violencia puede

confirmar que estamos sumidos en una guerra, donde el terror es una eficaz arma. El terror propagado de cara a las elecciones presidenciales del próximo mes.

El combustible de cualquier rumor letal es el miedo. Un combustible con altísimo poder de ignición. El miedo a morir en un país donde la muerte resulta una circunstancia próxima, como bien lo saben todos estos sobrevivientes del México miserable, habitantes del campo, donde las huestes del narco, comandos de grupos armados, van por ahí ejecutando a quien se opone a hacer negocios con ellos, a vender su propiedad o a convertirse en peones tan mal pagados que resultan verdaderos esclavos. Se muere si no se paga el impuesto de guerra exigido por los mafiosos.

Bajo del taxi sin demasiada convicción, ¿por qué no mejor un par de cervezas con Juvencio? Camino entre la gente hasta llegar a las puertas del estadio, donde la multitud espera por entrar. El pesado silencio del lugar me abruma, ninguno de los presentes apostaría por el candidato a quien no le creen una palabra. Todos cumplen con parsimonia el trámite de pasar lista, antes de ir a buscar un lugar en las atestadas tribunas. La multitud aplaudirá cuando haga falta, levantará las banderitas y echará porras, cada vez más fastidiada del evento, contando los minutos para que esto termine y se inicie el viaje de regreso a casa.

La ayuda para el campo. La beca que no alcanza para mitigar la pobreza. Los recursos fluyen con el propósito de comprar votos en Veracruz, uno de los bastiones del partido, tradicional reserva de votos para el PRI y su candidato a la presidencia.

Busco la entrada de prensa, me identifico con mi vieja credencial y camino hasta el palco que nos tienen reservado. Falta más de una hora para que el llamado "Carnaval de los votos" comience, y el estadio ya luce atiborrado. Nadie escucha al jilguero profesional que sin lograrlo intenta animar a la concurrencia. Todos están impacientes por el comienzo del show, música de tecno banda, encuentro de lucha libre protagonizada por enanos, bailarinas ligeras de ropa…

El "Carnaval de los votos" transcurre conforme a lo planeado. Demagogia y facilismo político. Lo mejor del show son las increíbles piruetas de los temibles *chiquigladiadores*; lo peor, el discurso del candidato, con evocaciones de los posibles triunfos del personaje logrados en el fragor de los concursos de oratoria en la secundaría, combinados con lamentables desplantes de estrella televisiva. Una extrema arrogancia. Nada destacable entre toneladas de frases hechas y previsibles mentiras.

El espectáculo de la ruindad nacional me hizo olvidarme de mis temores. De pronto me sentí más indignado que temeroso. Actos de campaña como ese, donde el PRI demuestra su persistencia en las fórmulas caducas de la peor forma de hacer política, encienden luces rojas de alarma con el aviso de que el futuro puede ser todavía peor que el presente, sus miserias y sus muertos.

Todo estaba programado y listo, una conferencia de prensa con el protagonista de la tarde y un séquito de escogidos periodistas, donde la excepción del par de colegas que hacen preguntas molestas confirma que no está todo perdido en el gremio.

—¿Cuál fue el costo del evento en el estadio Luis *Pirata* Fuente?, pregunta una reportera del *Diario de Minatitlán*

—¿Cuál es su opinión sobre las acusaciones que pesan sobre el gobernador del estado de destinar recursos de obra pública a la compra directa de votos? —pregunta un colega que dice que colabora para la agencia de información por internet *Azteca News*.

Evasivas y más evasivas. Un comentario sobre "la impresionante demostración de fidelidad de los militantes del partido", que demuestra que al candidato le importa un rábano decir la verdad.

Decido ir a la carga:

—¿A qué atribuye los ataques de ayer en Cuernavaca, fue un acto terrorista?

Con su imagen de galán de telenovela, con esa sonrisa que prodiga a la menor provocación, el candidato sabe bien lo que tiene que hacer, sus asesores se lo han repetido muchas veces en las sesiones de trabajo con el tema "periodistas incómodos". Sólo hay que ignorarlos, como lo dijo uno de los clásicos, verdadero pilar del pragmatismo político y muchos otros males: "ni los veo, ni los oigo".

Sin dejar de sonreír, el tipo sólo dice: "Me siento en casa, aquí no hay nada que me haga sentir mal. Demostramos la fuerza del partido y nada, ni mezquindades, ni amenazas, podrán detenernos".

XXVIII

REGRESO A MÉXICO en un vuelo tempranero. Vago por los pasillos del aeropuerto de Veracruz como zombi hambriento. En cuanto puedo subo al avión, después de agradecer a la suerte que el vuelo vaya vacío y nadie ocupe un lugar cercano al mío. Me abandono a un sueño del que despierto poco antes del aterrizaje.

Salgo con prisa del aeropuerto de la ciudad de México, a una mañana iluminada por un sol pálido, pasado por el turbio gris de los contaminantes que acechan la salud de los habitantes del DF. Más allá del tráfico y de volver a constatar que esta ciudad marcha todos los días en contra de todo pronóstico, el viaje rumbo a la Condesa resulta de rutina.

En cuanto puedo, me siento frente a la computadora a escribir la crónica de los granadazos y los candidatos. No falla, siempre sucede: en esos momentos llega una inoportuna llamada. Es Ana, promete que esta noche por fin volveremos a vernos. Algo en su voz me dice que esta vez puede ser distinto, es posible que por fin haya encontrado dónde parar la caída, quedarme con ella, fingir que se puede ser feliz.

Escribo como en mis mejores tiempos, poseído por una historia que traigo atravesada en el cuerpo. Sobre la marcha decido que en el próximo reportaje relataré mi encuentro con López, llamado alguna vez Cucaracha, una entrevista con un inédito personaje en la galería del horror contemporáneo, según él mismo, reclutado por la DEA cuando apenas tenía 14 años y vivía en Tijuana, luego convertido en el líder de un grupo de comandos al servicio del narco, un agente del terror.

Quince minutos después de haber enviado la nota, cuando trato de escribir el guión del reportaje que quiero proponer a la Dama de las Noticias para la emisión de esa misma noche, suena el teléfono. Es mi jefe, el director de *Semana*.

—Tu nota, si me permites la expresión, es dinamita pura —el viejo está de buen humor. Me propongo ir pronto a la redacción de la revista, charlar con él, disfrutar con las anécdotas que suele contarme del periodismo que se hacía en máquina de escribir y redacciones colmadas de personajes con un montón de historias a cuestas.

—Tienes razón, sólo espero que no nos estalle en las manos –digo sin pensarlo. Me molesto conmigo mismo por aludir a la permanente crisis económica en la que se encuentra la revista.

—No pasa nada —dice el viejo—. Desde hace años aprendí que no hay que ceder a cambio de la promesa de la publicidad pagada. Ni modo, a la mejor perdemos ese supuesto dinero, pero no importa.

La revista se encuentra a la deriva, es parte de una herencia legada a una extraña mujer, quien vive con una docena de gatos en un modesto departamento en la colonia Narvarte. Es la única hija del antiguo propietario, otro viejo periodista que invirtió el dinero recaudado de un modo no muy honesto en los años en que fue un conocido columnista, en un par de hoteles en Acapulco y en nuestra revista. Todos esos negocios hoy se encuentran en quiebra, sin el último recurso de un préstamo bancario o la anhelada participación de nuevos inversionistas en *Semana*.

—Para la siguiente entrega traigo algo todavía más explosivo… se trata de la negra historia de un personaje que, como él mismo dice, se dedica a organizar fiestas para el narco. Fiestas como las de los últimos granadazos.

—Se oye muy bien, en cuanto tengas algo mándanos un adelanto.

El viejo iba ya muy poco a la revista: los efectos de un cáncer maligno lo postraron en cama sin remedio. Quién sabe de donde sacaba fuerzas, y en el momento menos esperado aparecía rejuvenecido en la redacción para decidir sobre la foto de la portada, los llamados a las notas más importantes y trabajar sin descanso en el cierre de la edición. Alguna vez me había dicho que le pidió a Dios, al destino, a la vida misma, morir en la redacción de *Semana*, quedar ahí, en su escritorio en espera del material para la siguiente edición.

XXIX

Cuando me encuentro con algo similar a un remanso, cuando mi vida transcurre con cierta calma, tienes la costumbre de aparecerte a la menor provocación. Por ejemplo, cuando me topo sin querer con un libro tuyo en el rincón menos inesperado del librero. Esta *Antología de la literatura fantástica*, preparada por Silvina Ocampo, Bioy Casares y Borges, me propone una encerrona para olvidarme del mundo y sus achaques. En las páginas del libro percibo el inequívoco aroma tuyo: azahar, tabaco y sudor. Todos los saben, el sudor de las mujeres bellas tiene propiedades afrodisiacas.

Te escribo para tocarte al borde del abismo. Siempre en el acto del equilibrista borracho en que se ha convertido mi vida. Te escribo con la fuerza de esta invocación, del deseo representado por palabras. Palabras que claman por tu boca, por tu sexo, por quienes fuimos el uno con el otro. No estás. Aspiro con la voracidad del adicto los restos de ese aroma tuyo que persiste en el libro donde, sin saberlo, dejaste para mí un mensaje antes de marcharte al otro lado del mundo.

P D: Te escribo como siempre un simple y since-ro… te extraño.

Lo decido, es mi turno de jugar, tomo el teléfono portátil, miro las llamadas recibidas, marco el único número registrado.

Nadie responde; insisto. Por fin escucho la voz de Cande:

—Buenas tardes —dice de modo cortante.

Imagino lo peor, el Vampiro, aquel guerrero del Apocalipsis, por fin murió. Una sobredosis de quién sabe qué porquerías.

—Buenas tardes —espero que reconozca mi voz. Insisto ante un silencio que se prolonga—. Soy Rodrigo Ángulo, el periodista…

—Un segundo —dice el tipo, quien no oculta que le incomoda que yo le dé tantas molestias a su jefe.

Por fin escucho esa voz, que ya me resulta familiar.

—Hola, no esperaba que me llamaras —dice en un murmullo. El Vampiro debe encontrarse en una fase oscura. Lo imagino tumbado en la cama de un hotel, con el enorme inhalador cerca, al alcance de su temblorosa mano—. Dime qué puedo hacer por ti.

Me toca sorprenderlo en nuestro juego personal.

—Me ofreciste las imágenes de los granadazos, pero además quiero entrevistarte —le digo.

La risa sardónica de los espectros de una película de serie B antecede a una persistente tos con la que, me parece, el personaje intenta ganar tiempo. Por fin di un golpe.

—Dame tiempo, no sé si sea lo mejor para ti y para mí, tengo que pensarlo.

—Puedes decirme lo que te convenga, sólo eso… —insisto.

—Dame tiempo.

Antes de colgar, Cande me dijo que en un par de horas me avisarían dónde podría recoger las grabaciones.

XXX

PIENSO LO DE LLAMAR a la Dama de las Noticias. No me gusta la idea de ofrecerle los videos y una crónica sobre cómo los conseguí; me resisto a volver a Telenoticias. Hace mucho dejé atrás esa pesadilla de burocracia, golpes bajos y falso periodismo. Di el portazo convencido de que jamás me volverían a ver por ahí. Estaba harto de la simulación, de ese afán de convertir cualquier asunto en espectáculo, de exhibir el dolor, de la práctica del melodrama con el doble afán de sesgar la información y ganar *raiting* del modo más deshonesto. Tengo un par de ejemplos para ilustrar la pobreza del canal que se vende sin pudor alguno como "El Canal de las Noticias en México": el encumbramiento de la rival de Magali Randall como reportera, gracias a los implantes de senos y nalgas, y también a que no sabe decir no, y la historia de mi amigo Carlos, el apuntador en el noticiero estelar, el verdadero cerebro de mi ex esposa, un periodista a quien despojaron de todo, incluida la dignidad, convertido en alcohólico, sumido en una constante depresión. Ahora que, si lo pienso bien, si hago fríos cálculos, no me queda más remedio que hacer esa desagradable llamada: a *Semana* no parece quedarle mucho tiempo más de circulación, mi cuenta bancaria sufre los efectos de un atraso de pagos de más de tres meses, y el par de tarjetas bancarias que usé están sobregiradas. Si algo me han enseñado los años en el oficio, es que cuando tienes una nota hay que aprovecharla. Este fin de semana se publicaría el reportaje en la revista, y mañana en la noche las exclusivas imágenes de un acto terrorista planeado por el crimen organizado serían la nota principal del noticiario de Telenoticias.

Marco el número del teléfono portátil de Magali. Me responde su plástica voz de profesional, es la voz ideal para un anuncio de ventas por televisión de cualquier milagroso aparato, que sirva para bajar de peso, para escuchar a través de las paredes, o filetear carne a la velocidad del rayo.

—Hola. Necesito hablar contigo.

Hace rato que mi ex mujer me evita, cuando eso sucede sé que se ha embarcado en la aventura de un nuevo amor. Cada vez le gustan tipos más jóvenes, supongo que busca en ellos una dosis de la vida que ya se nos escapa entre las manos, de la juventud que nos abandonó dejándonos los primeros achaques en cuerpos que comienzan a ser un tanto despreciables.

Enciendo mi vieja computadora, esta máquina cargada de historias, la memoria virtual de los mil y un viajes del oficio. Me duele reconocer que la mayoría de los reportajes que me ha tocado escribir están marcados por la violencia, escurren sangre. Es cierto lo que he dicho muchas veces: hay a quien le toca hacer la labor del plomero, destapar cloacas, pero a ratos me siento cansado, desde hace años fantaseo con la idea de cambiar de vida. Puedo ponerle precio al departamento, la Condesa es un lugar de moda, atiborrado de *pubs modernos snobs* que desprecio. Podría vender mi Pointer, tal vez hasta la vieja computadora y marcharme lo más lejos posible, un pueblo cercano a cualquier playa en Michoacán o Jalisco. Siempre hay esperanzas para un aprendiz de pescador sin demasiadas pretensiones.

Abro mi correo electrónico, esa moderna forma de conectarme con el exterior, de recibir los más increíbles mensajes, desde reiterados intentos por estafarme, hasta los llamados de viejos contactos de quienes descubro siguen dando la batalla, como mi amigo Raúl Ruiz en Mexicali, siempre en la tenaz defensa de los derechos humanos.

Raúl manda un mensaje urgente. Denuncia los abusos del Ejército: detenciones arbitrarias, torturas, desapariciones forzadas. La pesadilla no ha terminado. Dudo que me pueda marchar a la playa y vivir de la pesca, tampoco creo poder regresar a Telenoticias y tragar mierda todos los días.

Me topo con el mensaje, un nuevo mensaje de *sombra@yahoo.com*. Algo sucede en mi estomago, el revuelo de la inquietud, del miedo, mariposas negras que agitan sus alas cimbrándome. Tal vez sea el recuerdo de la amenaza que desató esta historia, el reconocer de nuevo que estoy en sus manos, el presentir que ha llegado el momento de las definiciones. El mensaje es concreto, una sola línea: "Las imágenes son tuyas. Te espero a la media noche porque sufro de insomnio".

Una dirección aparecía escrita con rojo al final del mensaje: Morelos 27, centro de la ciudad de México.

Presiento que el tipo está muy cerca, como quizá lo estuvo siempre, como cuando tomó aquellas fotografías en el bosque de Chapultepec. Mi habitual paranoia se exacerba, cierro la puerta de la terraza, corro las cortinas, trato de apartarme del mundo. En cuanto lo hago, me doy cuenta de que es inútil, de que mi mejor movimiento fue cuando tomé la iniciativa en este juego, cuando dejé de asumirme como ratón perseguido y levanté la cabeza. Busco el teléfono portátil, marco.

Cande toma la llamada, su rostro siempre tiene esa expresión de quienes han visto de cerca la muerte.

—El señor no puede contestar la llamada, pero me dice que lo espera a la media noche.

Una cita a la hora en que los fantasmas aparecen extraviados entre la vida y la muerte; cuando las brujas emprenden el vuelo, celebran aquelarres y se entregan a los caprichos de chivos amantes; cuando los vampiros atacan doncellas que duermen lánguidamente bajo la esplendorosa luz de la luna llena; cuando los buenos de las viejas películas en blanco y negro entierran estacas en el corazón de tan temibles bichos. Es la recurrente hora del misterio, y también cuando las cucarachas aprovechan las sombras para hacer de las suyas.

XXXI

Magali me llama, la escucho apresurada, no hay duda de que para ella volví a pasar de moda. No importa, entre nosotros siempre hay un regreso en espera, algo así como un pacto firmado. Ambos sabemos que al final del camino seremos una pareja de ancianos paseando tomados de la mano en el parque. Nos espera un cursi final.

—Dime tu urgencia, ¿se trata de Monse? —dice conminándome a ser breve.

—No, la verdad no es nada. Sólo quería decirte que volví de viaje y espero pasar en México un par de semanas.

Magali me representa algo parecido a una boya de seguridad, siempre sabe dónde estoy, aunque no hace falta que se entere en qué estoy metido. Vale dejar en el camino esas "boyas de seguridad" cuando haces periodismo en zona de guerra, cuando una vez y otra también, como dice aquel amigo mío, veterano del oficio, con tus notas le jalas la cola al diablo.

—Espero que nos veamos pronto… ojalá y el fin de semana… bye… bye…

No sé si agradecerle a Magali ofrecerme tal premio de consolación o despreciarla por ello.

Cae la tarde, una de esas gratas tardes que de vez en cuando irrumpen con el esplendor del sol y un nítido cielo azul. Tardes que parecen provenir de otro tiempo, de una ciudad distinta, donde no es la tristeza el rasgo que distingue a la gente que miras en la calle.

Trato de leer, me encuentro con un libro de relatos del extraño maestro Francisco Tario. Es lo que necesito, me hace falta una buena dosis de absurdo literario. El tiempo en que transcurre mi vida está torcido, roto, nada tiene que ver con los horarios comunes al resto de la tribu. Lo llamo tiempo de los náufragos. Después de trabajar, de entregar cualquier reportaje en puerta, de la preparación de alguno de los guiones, que de manera cada vez más esporádica me encargan, si tengo hambre, como o salgo a caminar o a correr en el bosque de Chapultepec; duermo si tengo ganas, tan simple como eso.

Ana llamó, imposible encontrarnos, no iba a cenar con ella y luego venir a mi casa a hacer el amor con el tipo al que llamaban Cucaracha rondándonos por ahí. En fin, requería terminar con la pesadilla antes de darme una oportunidad con ella. Necesito a alguien para apartarme de esa adicción a tu ausencia, que termina convertida en esas desesperadas cartas que jamás enviaré a ninguna parte.

Leo a Tario, no sé en qué momento cierro el libro y duermo, protegido por los ángeles cachetones, golosos, labrados en la cabecera de mi cama. Despierto sobresaltado. A lo lejos escucho la música de una fiesta a la que no estoy invitado. Sin quererlo, me convertí en el más antiguo de los ocupantes del edificio, el vecino del 13, un tipo raro, que viaja mucho y sólo saluda cuando está de buen humor.

Apenas tengo tiempo para ducharme antes de salir. Todo está listo en mi inseparable mochila, la grabadora, regalo de la Monse, que apenas empiezo a manejar, una maravilla de la tecnología con espacio de horas y horas de grabación, una libreta cualquiera, un par de plumas, y ya está. Arranco el Pointer y empiezo a navegar por las calles de una ciudad que hace mucho dejó de dormir. Es media noche y el tráfico no cesa.

Llego al viejo centro de la ciudad, cerca de la calle de Bucareli, donde se encuentra el diario donde hace siglos empecé a trabajar. Un novato con suerte a quien destinaron la cobertura de la nota roja. Entre muertos, atropellados, incendios, robos, violaciones y malas noticias, aprendí el oficio de *reportear* y me asomé a la condición humana.

A estas horas sobra dónde estacionar el auto. Elijo andar un par de calles hasta llegar a la de Morelos pese a la sordidez del ambiente: calles desiertas de cortinas cerradas, un par de borrachos extraviados en busca de un lugar para seguir con la juerga, muertos en vida que pululan por ahí, inhalando sus *monas*. Camino despacio, con la mochila bien sujeta, preparado para correr si hace falta. Las luces de una patrulla me alertan. Desde siempre soy un sospechoso, por eso los tipos disminuyen la velocidad y me miran con suspicacia desde el interior del auto. No olvido que van armados, conozco muchas historias de policías drogados hasta el tuétano, capaces de cometer abusos, de cargarte con cualquier cosa. Ya veo el titular de algún diario maña por la mañana: *Narcoperiodista detenido*.

No pasa nada, la patrulla sigue su marcha, los policías prefirieron a los borrachos, debió parecerles que era más fácil extorsionarlos, nadie sabe qué puede pasar con un tipo solitario que camina de noche con una mochila al hombro.

No me sorprende que el número 27 de la calle de Morelos sea un edificio abandonado, con un ruinoso portón de madera al que golpeo decidido. Como en las viejas películas de horror en blanco y negro, esas que alguna vez se llegan a ver por televisión, el portón se abre solo, supongo que a causa de los golpes. Desde hace rato me siento en una de esas películas, digamos la del Santo contra el Vampiro, una chafa película narrada por un reportero. Una película prohibida por hablar de narcoterrorismo.

Justo a la entrada del antiguo edificio hay unas viejas escaleras por las que empiezo a subir. El maullar desesperado de una gata en celo me alarma, me pregunto por qué el Vampiro no eligió como refugio un hotel de cinco estrellas en el centro de la ciudad con vista al Zócalo, pero recuerdo que también lo llamaban Cucaracha. Temo que las escaleras estén podridas y no resistan mi peso, algunos escalones están trozados. Allá a la distancia, en la parte superior, hay luz, la pálida luz de un foco que me guía en la penumbra de mis inciertos pasos por la escalera que está por venirse abajo.

Por fin llego a donde está montado el escenario, un cuarto donde sólo hay un par de sillas y un espejo. El efecto ya no me sorprende. Cuando descubres los trucos del mago, lo miras como un tipo pequeño, regordete y calvo que te inspira lástima. El Vampiro está de espaldas y ha vuelto a pintarse la cara como guerrero del Apocalipsis. Es un flacucho aferrado a un AK-47, el nuevo elemento en este montaje es un símbolo del poder del narco.

—Buenas noches, estoy listo para tus preguntas, me puedes hacer las que quieras. También tengo un DVD para ti, pero antes quiero recordarte la razón de nuestro encuentro —dice sin siquiera voltear a verme.

No veo a Cande, siento el impulso de golpear al tipo, y marcharme, pero ni siquiera lo intento, el AK-47 puede estar cargado.

—Quiero confesarte que me retiro, estoy cansado. Me espera una vida tranquila en las Islas Caimán, o en algún lejano lugar donde pueda gastar los dólares ganados por mis servicios. Tengo un último encargo, el último trabajo que hacer antes de partir. Por eso estás aquí.

Avanzo despacio a través del escenario, sin quererlo me he convertido en parte del espectáculo. Me siento ridículo, pero nada más se puede esperar de un personaje delirante, estoy convencido de que soy parte de una de las pesadillas urdidas por él. Me pregunto a dónde vamos a llegar, de qué se trata, cuál es el desenlace de la historia.

—Te lo voy a decir del modo más simple: mis amigos, quienes me pagan ahora, temen lo que pueda pasar. Si la guerra del narco se cae, si la estrategia seguida hasta ahora termina, ellos pierden mucho dinero. Otro poderoso grupo apoya a uno de los candidatos a la presidencia. Ellos quieren dominar al país por completo, un país al servicio del narco, con todos sus recursos en función del negocio del tráfico de drogas. Estos grupos son antagónicos. Un periodista como tú puede acercarse a ellos, como lo hiciste. Necesito que alguien mate al candidato… es todo… tengo una bala para ti.

CUARTA PARTE

XXXII

EL GOLPE SURTE EFECTO. Un recto a la mandíbula, estoy a punto de caer… pero me enconcho y doy pelea. De eso se trata: de mantenerse en pie, de crecerse ante el castigo. Desde la penumbra, el guerrero del Apocalipsis me mira satisfecho. De seguro colocó esa hilera de velas frente al espejo para que la pálida luz apenas iluminara su rostro, colmado de una irónica sonrisa. Es media noche, la hora del espanto y los horrores, cuando a tipos como éste les gusta espantar incautos.

No digo nada, no puedo decir nada, evito pensar en las repercusiones que puede tener esa frase: "Tengo una bala para ti".

De espaldas a mí, en una de sus poses teatrales, el hombre permanece también en silencio. No es la primera vez que me gustaría saltarle encima, cualquier golpe sería demoledor para ese guiñapo, pero no sólo es saber que Cande permanece por ahí oculto, agazapado con su arma, también se trata de que me siento atemorizado por el personaje que me ha impuesto la tarea de asesinar. Matar para vivir.

Algo pasa conmigo en los momentos de tensión, cuando veo mi vida amenazada, es como si me desprendiera de las emociones, como si todo transcurriera en un plano alterno que miro como un frío espectáculo. Nada de emociones, una acción que se desencadena sin la intervención de mi voluntad.

—A ti debe gustarte el cine, las viejas películas —mi voz resuena enronquecida en la habitación, donde la luz de las velas ilumina los implementos del juego elegido por este oscuro personaje: un par de maniquís de mujer descabezados.

Descubro con horror las fotos de la Monse y Magali pegadas en la pared. Más allá hay una secuencia de fotos de distintas masacres, son recortes de periódico con la noticia de emboscadas a policías, ajustes de cuentas y asesinatos a mansalva.

—Hay una vieja película en blanco y negro —digo—, clásica, la de *El Mago de Oz*. De eso se trata esta historia, ¿te acuerdas del final?, cuando descubrimos que el temible mago es un chaparro tras una ridícula máquina de cartón con luces que prenden y apagan.

Con artificiosos movimientos, el tipo a quien alguna vez llamaron Cucaracha avanza despacio hasta donde me encuentro. No deja de asombrarme su palidez, la extrema blancura de su piel de enfermo. Ha pintado su rostro de intensos colores rojos, amarillos y morados. Tengo frente a mí a la más recurrente de mis pesadillas de las últimas noches y no puedo despertar.

—Tienes razón —dice—, se trata de trucos baratos… se puede llamar ilusionismo negro. Esta es otra película, a ti te falta el cerebro para analizar lo que ocurre, para jugar mejor. De tu corazón, ni hablar, luce lleno de cicatrices, de tan seco parece inservible. El valor lo perdiste en las refriegas de la vida. Te mueves como autómata. Y Dorothy, la bella Dorothy, hace mucho que se marchó y te dejó solo. Al final aquí estamos nosotros solos… vuelvo a decirte que tengo una bala para ti…

El efectismo, esas acciones exageradas y falsas, es el recurso preferido de los malos actores, como el que tengo enfrente, quien da un par de palmadas como el amo que llama a su servicio. El hombre extiende las manos y Cande coloca en ellas un arma, niquelada, de cachas negras. Un arma pequeña, podría decirse que con aspecto femenino. Con un rápido movimiento me apunta con ella. Se acerca, coloca el cañón a la mitad de mi frente. Sonríe, como si fuera un vecino que saluda. La falsa sonrisa de quien le importa un rábano si tienes un buen día. La falsa sonrisa deriva en una mueca, la de la muerte que en alguna parte me espera. El tipo jala el gatillo. Escucho un clic aliviado. La pistola está descargada.

—Te doy la pistola, es tuya… ahora lárgate. Estoy cansado. Seguimos en contacto.

No me atrevo a rechazar el arma, la tomo con cuidado. Pude morir. Última estación del viaje: un cuerpo abandonado en el Ajusco con un tiro que le desfiguró la cara. Sin identificación. Uno de tantos muertos que nadie reclama.

XXXIII

LLEVO EL ARMA EN EL BOLSILLO del saco de cuero; siento su peso al caminar. Sin pensarlo demasiado, recuerdo que en el rumbo de la Santa Julia, como lo documenté en algún reportaje, puede conseguirse parque con facilidad, una caja de balas. El mercado negro de armas se ha disparado, el negocio del miedo en un país aterrorizado. Pero para qué quiero balas, si estoy dispuesto a deshacerme de esa pistola cuanto antes, voy a arrojarla a una alcantarilla en una acción cinematográfica, no puedo dejarla por ahí, entre los montones de basura que enturbian las esquinas, quién sabe en qué manos pueda terminar. Pienso mejor lo de tirar el arma a una alcantarilla, hace rato que, como dice mi padre, le di rehenes a la suerte, mi hija la Monse, Magali y Ana, quien aparece en esta historia por equivocación.

Llovizna, se ha desatado un viento frío, los veranos de la ciudad de México pertenecen al recuerdo, los efectos de la contaminación han hecho de la otrora región más transparente, el escenario de repentinos cambios climáticos, húmedos calores antecediendo a fríos nocturnales a las cuatro de la tarde y luego una tormenta anunciada por negros cielos de pánico.

Camino rumbo al auto por la calle de Morelos, esta zona de la ciudad ha adquirido un aspecto tenebroso, abundan los zombis prendados a la "mona" de activo, la droga más barata y perniciosa. Hombres, mujeres, viejos y niños deambulan o se quedan tumbados en las esquinas sumidos en un agónico sueño.

Aprieto el arma sin quererlo, descubro así un singular conjuro para alejar la amenaza del asalto del que temo ser víctima en cualquier momento. Antes de abrir el Pointer miro hacia todos lados; la paranoia de quienes habitan en la selva. No sé a dónde ir, no tengo a dónde ir. No quiero volver a casa, a encerrarme con la pistola niquelada de cachas negras por compañía. No quiero planear un asesinato para salvar mi vida. Un asesinato para apartar a la Monse y Magali de las garras del tipo ese al que le gusta representar el extraño papel de un guerrero del Apocalipsis, quien dice dedicarse a "organizar las fiestas del narco".

Enfilo por avenida Cuauhtémoc. Hace mucho que esta ciudad dejó de dormir, autos a toda velocidad, gente que sale de noche a ganarse la vida. Miro el reloj, ya son más de las dos de la mañana y el tráfico no cesa. Avanzamos despacio, ha empezado a llover. No sé a dónde ir, doy vuelta a la derecha, avanzó por avenida Chapultepec. Estoy solo, llevo un arma en el bolsillo. Por fortuna dejé atrás los tiempos aquellos cuando me gustaba pasear al borde del abismo y consumía anfetas y alcohol. El *acelere* y el delirio suficientes para trabajar horas y más horas. Luego el desvanecimiento, la caída a un pozo. Un breve sueño y otra vez a empezar de nuevo. Un infierno a la medida de mi soledad y desesperación. Por fortuna no tengo tiros para la pistola.

Recuerdo esta ruta, viene del pasado, era el camino de todas las noches rumbo a la calle de General León, en la San Miguel Chapultepec, donde viví con la Maga.

Había dejado Telenoticias y me enrolé como reportero del *Metropolitano*. Reportero de nota roja. De camino a casa trataba de despojarme de los muertos del día. Eran tiempos felices, o por lo menos así quiero recordarlos. Ella me esperaba, por entonces era la chica del clima, la meteórica carrera que la llevó a convertirse en la Dama de las Noticias se encontraba en ciernes. Nuestro amor era simple, nos conformábamos con poco. Veíamos un rato televisión, nos íbamos a la cama de madrugada y hacíamos el amor con dulzura. La vida era muy nueva y parecía la medida de nuestros deseos. Ni siquiera recuerdo cuándo aquel paraíso empezó a irse a pique.

De pronto me descubro estacionado frente al edificio donde vivíamos en ese entonces, tres plantas, un chocante estilo moderno que pronto resulta anacrónico y queda como un vestigio de una arquitectura falsamente audaz. Nuestro departamento era el primero de la izquierda en la segunda planta, el número 7. Me pregunto quién vivirá ahí ahora, si en alguna parte quedarán vestigios de nosotros, de un par de cándidos personajes iluminados por su juventud y el amor.

Ha sido una larga noche, la noche en la que me topé con la muerte. Sin quererlo he venido hasta aquí, supongo que en busca del recuerdo de otros tiempos, cuando la vida floreció, los tiempos del amor de la Maga.

Bajo del auto, no me importa que la lluvia haya arreciado ni el arma que traigo encima. Camino hasta la puerta del edificio, es de cristal y madera, luce como en aquel tiempo. A un lado, sobre la pared, la hilera de timbres, con 13 números de los 14 departamentos ordenados en un par de filas. El número 7 desde entonces está borrado. Estoy a punto de llamar.

¿Qué podría decir si alguien responde? Sólo que perdí las llaves del paraíso.

XXXIV

En cuanto abro la puerta de mi departamento, escucho la alarma de la contestadora. El molesto zumbido parece amplificado en el silencio de la madrugada. Enciendo la luz, miro sobre la repisa del librero mi teléfono portátil apagado. Me urge acallar a la contestadora. En cuanto aprieto el botón indicado, escucho la voz de Magali Randall, plástica, fría, es la voz de las noches frente a las cámaras en el noticiero de televisión. Nada de la voz de mi amante.

—¿Dónde estás? Es importante que presentes a cuadro las imágenes que enviaste. Son aterradoras. Quiero abrir contigo el noticiero. En cuanto puedas repórtate y nos ponemos de acuerdo.

Eran 12 llamadas, incluidas las del teléfono portátil, al que encendí para toparme con otra serie de mensajes de Magali. Aunque ya sea tarde puedo llamarla, sé que desde hace años no concilia el sueño antes de las tres de la mañana. Cuando te hartas de malas noticias durante 48 minutos al aire, algo sucede con tus neuronas y tu cuerpo. A eso hay que agregarle la carga que debe significar para el sistema nervioso representar a diario un papel por horas y horas, vivir en el engaño, ocultar con el pesado maquillaje de la tele lo que queda de la propia identidad.

Desisto de hacerlo, qué iba a decirle, contar la historia del Vampiro al que llamaban Cucaracha, prevenirla de lo que podría pasarle si no me atrevía a jalar el gatillo del arma que aún guardo en el bolsillo de mi chaqueta de cuero.

Busco en la cocina la botella de vino que abrí hace algunos días, me sirvo una copa y me tumbo en el sillón a beber despacio, muy despacio.

Despierto tarde, coloqué gruesas cortinas que impiden el paso de la luz del sol. Al ruido de la calle donde vivo me acostumbré hace tiempo, sólo unos cuantos autos cruzan por la calle de Zamora. Al salir de la habitación me deslumbra el sol del medio día, aquella sensación de que todo resulta una imitación colocada con el propósito de engañarme, la escenografía del cautivo personaje en una extraña historia que no acabo de comprender, me invade de golpe. Supongo que se trata de algo así como un mecanismo de defensa para ver lo que sucede desde cierta perspectiva. No quiero pensar demasiado en cuál será el siguiente paso, en hacia dónde debo ir con el arma lista para disparar. Ni siquiera sé quién es el candidato destinatario del mensaje fatal del Vampiro.

Los diarios me esperan al otro lado de la puerta, colocados uno sobre otro por Longino, el portero. Todos los días los periódicos escurren sangre, suman miles las víctimas de la guerra del narco, una guerra con distintos frentes, narcos contra narcos, los narcos contra el gobierno y el ejército. Policías convertidos en sicarios, sicarios en testigos protegidos, ex soldados formando un grupo paramilitar convertido en cartel del narco, soldados en el frente de batalla de las ciudades, policías en venta y comandos esperando la orden del próximo ataque. En medio del caos, el miedo de la gente a ser secuestrada, a ser víctima de la extorsión de pandilleros, a convertirse en un daño colateral en el torbellino de la guerra.

Bebo un poco de agua, en días así me gusta largarme a correr, retar al ozono y los contaminantes sólidos a que aniden en mis pulmones. Suelo ir al viejo bosque de Chapultepec y me pongo a vagar por ahí con el pretexto de los pants y la sudadera. Estoy a punto de salir cuando escucho el teléfono. Una de las razones por las que conservo mi vieja contestadora telefónica es porque puedo mirar el número de donde me llaman. Es Magali.

—Después de tanto tiempo ya debería estar acostumbrada a tus desapariciones, aunque hace mucho dejó de importarme lo que haces, tenías un compromiso conmigo y la televisora, ¿dónde te metiste?

Me gusta sacarla de sus casillas. Algo de sus viejos reproches resuena en la voz dotada de los atributos de quien ejerce el poder. La Dama de las Noticias puede ser implacable.

—No muy lejos, ya sabes cómo son las cosas, una llamada, el encuentro con un contacto…

—Siempre es así, ojalá alguna vez cambies —dice intentando apaciguar su tono—. Organicé todo para presentar tus imágenes, para tratar de que regreses a trabajar al canal.

—Lo siento de veras, pero fue imposible. Algunas veces es así.

—Como siempre, pero si te interesa estoy dispuesta ayudarte, no me preguntes por qué.

Sé cuál es la razón de que Magali esté dispuesta a ayudarme, sobre todo es por la fuerza periodística de las imágenes. Sigo siendo un buen reportero, a cualquiera le gustaría tener en exclusiva imágenes de los atentados en cadena perpetrados por el narco. También es cierto que aunque hace años dejé de pagar la pensión de Monse, a Magali le gustaría que nuestra hija vea a su padre como un verdadero periodista, uno de esos que aparecen en la pantalla de televisión, a quien pagan bien por su trabajo. Además, quisiera creer que también hay algo de nuestro viejo amor en ese interés.

—Tú y yo sabemos que el material es bueno y lo seguirá siendo hoy, mañana o la semana entrante —argumento.

—Tú no cambias, de verdad crees ser único, de esas imágenes hay muchas más, la gente las graba en sus teléfonos celulares…

—Entonces presenta esos videos de aficionados y ya está, tú y yo tan amigos.

Alguna vez pensé que había superado la fase de la "respuesta inmediata" con mi ex. No puedo negarlo, llegué a pensar que podíamos reconciliarnos alguna vez, pero nuestro amor está perdido, junto con quienes fuimos nosotros cuando vivíamos en el departamento de General León.

—Mira, si esta mañana hubiera amanecido de malas te daba las gracias y punto, pero me gustó mi desayuno y me siento bien, así que te espero esta noche. Ya lo sabes: llega por lo menos media hora antes a maquillaje. Chao… un beso.

Y Magali, conocida como la Dama de las Noticias, cuelga el teléfono.

XXXV

AL CRUZAR POR LOS PASILLOS de la televisora recuerdo quién era antes, hace años, cuando trabajaba aquí. Por esos trucos de que dispone el azar llegué a la televisión, un aprendiz de reportero con la experiencia de haber pasado por la redacción de *Día a Día*, a quien supongo reclutaron por su habilidad de meterse en problemas, de ir más allá de lo que parecen los hechos y preguntarse qué pasó de verdad. Un reportero con la malicia de quien aspira a convertirse alguna vez en escritor y descubre por todas partes historias para las decenas de novelas que espera publicar antes de los cuarenta años. Cuando llegué a la televisión, lo que menos me importaba era la fama, el relumbrón de la pantalla. Me interesaba contar historias, sólo eso. Me sentía contento por ganar lo suficiente como para vivir tranquilo, estaba lejos de conocer a Magali Randall y caer por la gruta abierta bajo mis pies cuando se marchó.

Parece un enorme *set* de televisión, el decorado de las instalaciones de Telenoticias ha cambiado: plantas de ornato, enormes pantallas de alta definición, fotografías de las célebres coberturas del canal en huracanes, guerras y otros eventos trágicos. Esta escenografía impacta sólo a los visitantes ingenuos, no a quienes conocen a fondo la empresa, una maquinaria dedicada a crear espejismos para ocultar la realidad; espejismos redituables en un negocio que genera dinero y poder; espejismos constituidos, en el mejor de los casos, por una visión fragmentaria o sesgada de los hechos. Cuando no, en una interpretación falsa, registrada de manera dolosa por cámaras y micrófonos. "Telenoticias: el espectáculo de la información", dice el lema de la cadena que lleva a medio mundo las noticias del convulso México.

Gladis me recuerda bien. Es una maquillista veterana, venida de una de las grandes televisoras, donde trabajó para productores de telenovelas. Cómo reprocharle a esta mujer —sesenta años bien llevados, rubia de ojos azules, nacida en la región de los Altos de Jalisco, de franca sonrisa— los efectos de los culebrones en el imaginario mexicano. Ella sólo se encargaba, según sus propias palabras, "de resaltar la belleza de las damas y la apostura de los caballeros".

—Pues como le digo, siempre estamos con el Jesús en la boca. Aquí nadie tiene su trabajo seguro —me dice mientras pasa una pequeña esponja sobre mi rostro para limpiarlo. La mujer habla del síndrome de la crisis. La amenaza de verse convertido en un indigente nos acecha a todos.

Cierro los ojos mientras Gladis continua con su trabajo. Como lo hacía entonces, cuando en las madrugadas me preparaba para entrar al aire en el noticiero de las 7 de la mañana, donde compartí la conducción con un sujeto que hasta que ví su acta de nacimiento pensé que se hacía llamar Alejandro Magno Rodríguez, le pido que haga algo con mis ojeras, esas penetrantes líneas negras bajo mis ojos que delatan el cansancio acumulado en estos días de viajes y encuentros con el guerrero del Apocalipsis y sus amenazas.

Una chica pregunta por mí, sonríe al decirme que tengo una llamada, dándome un teléfono inalámbrico. Del otro lado de la línea la profesional voz de una secretaria me dice que espere un momento.

No me sorprende demasiado escuchar la voz de Almilcar Pérez-Pcña, director de Telenoticias y, según me contó la Maga, flamante accionista de la empresa.

—Bunas noches —dice formal, manteniendo las distancias que siempre nos separaron—, si tienes tiempo antes de que entres al aire, quiero platicar contigo un par de minutos.

Así es, la condición para entrar al aire y presentar las imágenes, que de seguro el gordo Almilcar ya vio, es pasar por su aduana y recibir las instrucciones pertinentes.

Sin esperar mi respuesta, el tipo dice gracias y cuelga.

Gladis me mira con una mezcla de sorpresa y admiración: no a cualquiera lo llama personalmente el dios panzón que rige los destinos de Telenoticias.

—Como en los viejos tiempos, hay cosas que no cambian —digo, mientras ella trata de ocultar las arrugas que se han formado en la comisura de mis labios. La cámara no perdona—: antes de entrar al aire hay que reportarse con el jefe.

Para llegar a la oficina de Pérez-Peña se tienen que seguir las coordenadas del poder, ir siempre de frente, voltear siempre a la derecha y luego subir por un exclusivo elevador hasta el último piso. Hay que anunciarse con la recepcionista y esperar. Las esperas pueden ser largas, de horas enteras, al tipo le gusta demostrar su poder, pero por fortuna tengo que entrar al aire en veinte minutos.

Hay dos cosas que valen la pena en la oficina del gordo Almilcar: los chocolates que siempre tiene en una delicada dulcera, en la pequeña salita a donde te lleva la secretaria indicada, y las mujeres que se pueden ver por ahí, todas con porte de modelos internacionales, capaces de dejar a cualquiera sin habla. Me pregunto dónde las consigue y cuánto le paga a cada una de esas recepcionistas y secretarias que parecen participantes en un certamen de belleza. Supongo que el gordo justifica esta debilidad diciendo que es parte de las relaciones públicas de la empresa, de la buena impresión que trata de causar en los clientes, socios y amigos que visitan el séptimo piso de Telenoticias. Nadie llega aquí sin previa cita, el olimpo decorado al estilo minimalista está reservado sólo para unos cuantos empleados del consorcio, la gente de extrema confianza, los incondicionales de siempre del gordo Almilcar.

Una par de cuadros originales de un artista menor, dos paisajes surrealistas sin encanto habitan las paredes de esta sala. Frente a ellos, una enorme pantalla transmitiendo 24 horas al día la señal de Telenoticias. Sobre una mesita de centro, de cristal y hierro forjado, tres o cuatro libros apilados de arte, grandes y costosos. Elijo el sillón de siempre y espero a que Almilcar inunde la habitación con su humanidad. Puede entrar por cualquiera de las dos puertas colocadas a los costados de la habitación. Que yo sepa, el gordo no recibe a nadie en su oficina.

Entre mirar un desafortunado programa "Documentales al aire", con una pésima idea periodística, o la obra de Van Gogh, presentada en un libro donde se incluye una nota biográfica, supongo llena de lugares comunes, prefiero hojear el libro, visitar paisajes de intensos colores, resultado de una mirada ajena a lo convencional, más allá del límite de la normalidad, generosos en una delirante belleza.

De pronto el gordo aparece, me mira como si fuera alguien que fue capaz de evadir las medidas de seguridad y la sensualidad de la recepcionista para llegar hasta aquí, un lugar reservado para la gente de verdad importante, no para un reportero como yo, alguien que está de más, siempre de más, en sitios como éste.

Hay algo que me ocurre en relación con el gordo Almilcar. Es como si lo mirara con rayos x, sé bien quién es, de dónde viene y lo que se propone. Es extraño con un tipo tan sinuoso; quizá se deba a aquella investigación que realicé sobre los asesinos psicópatas, o tal vez fue antes, quizá desde la primera vez que lo vi. No es que sepa sus secretos, no es eso; me explico: sé lo que el tipo hace y se propone, porque actúa como un animal animado por el instinto, lo que busca es saciarse del único alimento que lo satisface, el carnoso alimento del poder.

—¿Dónde obtuviste esas imágenes? Son impresionantes —dice como si fuera todavía su empleado, como si no hubieran pasado siete años desde la última vez en que nos vimos, cuando me aparecí por aquí con una carta de renuncia llena de sarcasmos, donde hablaba de una empresa televisora dedicada a la producción de espejismos.

—Ya lo sabes —siempre le molestó que lo tuteara, pero jamás he podido ocultar el desprecio que siento por él y los de sus especie—, un reportero tiene sus fuentes.

—No tengo tiempo para ti. Necesito que me digas quién filmó los ataques. Amigos míos necesitan saberlo antes de que las imágenes salgan al aire.

Los amigos del gordo Almilcar no pueden ser mis amigos.

—No sé si me vas a creer que las enviaron a mi *Facebook*.

Supongo que muchos, cuando el gordo resopla, deben sentir miedo. La poderosa bestia que puede echarlos a la calle.

—Te dije que no tengo tiempo, ¿quién te dio esas imágenes?

Odio la palabra negociar, es como reducirlo todo a las conveniencias más inmediatas y superficiales, pero en las anegadas aguas de mugre donde nadamos no hay más que dar la siguiente brazada.

—Si te digo, me dices lo que tú sepas sobre tan osado productor de explosiones grabadas con cámara.

El gordo tarda en comprender el mensaje. Se ha sentado frente a mí en el enorme sillón que tiene reservado para su inmensa humanidad. Puedo jurar que en el tapiz del mueble sus nalgas han dejado una indeleble y profunda marca. Por fin, como un niño que ha encontrado la respuesta a una adivinaza, acierta a inclinar la cabeza en un gesto afirmativo.

—Dice llamarse Joe López, lo primero que me dijo fue que se encargaba de organizar las fiestas del narco. Así lo dijo. Es un demente al que le gusta el show. Me contó que lo reclutó la DEA cuando era un muchacho… un extraño personaje… ¿sabes algo?

Al gordo le gustan las corbatas de seda, la ropa de la mejor calidad. Alguna vez, por mero ocio, traté de calcular cuánto costaba su atuendo. Más de lo que yo ganaba en tres meses de trabajo. Almilcar se toma su tiempo, si algo tiene es que jamás actúa de golpe, medita bien sus palabras, sus acciones.

—No sé nada sobre ese tipo, te prometo preguntarle a mis amigos, pero lo que te puedo decir es que hay *línea* para no hablar del terrorismo de los narcos. Paramos un reportaje de un joven reportero, que por cierto me recordó cómo eras cuando llegaste aquí, donde sólo con sumar situaciones y hechos hacía evidente que hay un patrón común en las emboscadas, los ataques a las comandancias de policía, los narcobloqueos y toda esa violencia. No es mucho lo que sé, pero si el tal Joe López te dijo que organiza fiestas para el narco, debe ser cierto. Por lo demás, no te preocupes, habló conmigo Magali, ya tienes trabajo. Nos vemos pronto.

El gordo se marcha por donde vino, deja tras de sí ese olor tan peculiar de los hombres que sudan demasiado. Un olor a bestia.

XXXVI

"Cinco, cuatro, tres, dos … estamos al aire". Magali a mi lado. Mira la cámara con intensidad, en el *telepromter* está marcado el camino, hay que seguir adelante hasta el próximo bloque, sólo es cuestión de tono, de interpretar lo dicho, una lectura fría y profesional. En caso de cualquier duda, Carlitos está en la cabina, el solitario apuntador de la Dama de las Noticias, un tipo informado, veterano del periodismo, a quien la vida pasó pronto las facturas y las pagó con creces: alcoholismo y depresión. A veces el talento amarga la vida.

—Buenas noches, el tema de la violencia es recurrente. Quisiéramos abrir nuestro noticiario con una información diferente, pero los hechos nos rebasan. Tenemos para usted imágenes exclusivas de los ataques en contra de las comandancias de policía en Acapulco, Guerrero, Ahome, Sinaloa, y Cuernavaca, Morelos. Para comentar estas imágenes, nos acompaña Rodrigo Angulo. Usted lo conoce, periodista de investigación, quien regresa a Telenoticias. pero antes aquí tenemos un crudo reporte, el recuento de los daños, la bitácora de los muertos del día…

Una audaz entrada. En Telenoticias saben que la credibilidad es negocio. Carlitos hizo un buen trabajo con el guión.

Mientras corre el reportaje, Magali me habla del pesado tráfico de la ciudad, me da un informe meteorológico en el que incluye las posibilidades de fuertes lluvias para esta noche. Todo me recuerda los viejos días. No quiero ni pensar en que en este mismo estudio, tras de algunas mamparas olvidadas en un rincón, alguna vez hicimos el amor, cuando ya todos se habían marchado y habían apagado las luces.

El conteo en voz alta de Cosme, *floor manager*, es una cortesía para mí. "Cinco, cuatro, tres, dos… volvemos al aire". La representación de los roles con los que andamos por la vida frente a las cámaras de Telenoticias. El audaz reportero comenta las imágenes exclusivas de los ataques. Comandos actuando al mismo tiempo y de la misma manera en una operación sincronizada. La Dama de las Noticias aventura un comentario sobre el armamento de que disponen los grupos del crimen organizado.

—Si revisamos las imágenes —digo—, es evidente de lo que hablamos, se trata de verdaderos grupos paramilitares, con la suficiente organización para retar al Estado mexicano.

—¿Y cuál es el origen de estos grupos? —pregunta Magali.

—Es muy diverso: pandilleros, desempleados, ex militares, policías y ex policías. Cada organización criminal dispone de un grupo armado y entrenado. Lo que sobran son desperados que quieran jalar el gatillo.

—Pues ahí están estas imágenes, esta es la realidad de lo que enfrentamos, la evidencia no sólo de la capacidad de ataque sino de la estrategia con la que trabajan los grupos del crimen organizado en México. No será la última vez que nos acompañe Rodrigo Angulo, con sus reportes sobre la violencia. Hasta la próxima, Rodrigo.

Por mi parte sólo un tímido buenas noches a la cámara. En el corte comercial una profesional despedida de beso en la mejilla. ¿A dónde se fue mi Maga?

XXXVII

Estoy por llegar a casa cuando el teléfono portátil zumba en mi bolsillo. Antes de responder, busco dónde estacionarme. Escucho una voz familiar que me remite años atrás. Es Juan Martín, mi amigo camarógrafo.

—Maestro, ¿cómo estás? Hace rato te vi triunfar, me da gusto que regreses a la televisora. Te tengo una sorpresa, nuestra primera asignación.

Con Juan Martín ocurría algo, siempre que trabajamos juntos las cosas salían bien. No sé cómo explicarlo, pero llega a ocurrir que cuando trabajas con un buen camarógrafo, un tipo con el que te entiendes, informado de lo que sucede, con sensibilidad, todo corre sin problemas, encuentras lo que buscas y todos los finales son felices, aunque hayas documentado la más negra de las historias.

—Dime dónde nos vemos —digo sin pensarlo dos veces. Es inevitable, después de haber dejado por años de hacer televisión, cuando estás a cuadro y sabes que tras de la cámara muchos te miran, la adrenalina se dispara. Todavía sentía ese singular entusiasmo cuando escuché la voz de mi amigo.

—Es urgente, voy camino a tu casa, supongo que sigues viviendo en la Condesa.

—Sí, en la calle de Zamora.

—Siempre has sido un *clasemediero* fresa… sigues metido en el gueto.

Cuántos años sin vernos, por lo menos cinco desde la última vez que nos encontramos en una marcha en Reforma, una de tantas marchas donde Juan Martín hacía su trabajo y yo el mío.

Al llegar a casa, busco lo necesario, mi mochila siempre está por ahí, sobre el tapete de la sala, bajo la mesa del comedor, a un lado de la cama, frente al librero, siempre abierta, dispuesta para el par de pantalones, las camisas y algún libro para emprender de nuevo el viaje.

Diez minutos después escucho el timbre, es Juan Martín. Al salir del departamento cierro con doble llave. Mientras bajo tres pisos rumbo a la calle, recuerdo al guerrero del Apocalipsis, guardé el arma en una pequeña caja de cartón, junto al teléfono portátil donde el tipo me llama, bajo la cama. Sé que en cualquier momento el personaje reaparecerá, cuando las pesadillas penetran la realidad la contaminan y no es fácil que sus monstruos te dejen en paz.

Mi amigo camarógrafo me espera con la cajuela del auto abierta, un auto pequeño y práctico, de los que usa el canal para el trabajo de todos los días. Supongo que con el mantenimiento necesario para hacer el viaje por carretera que, doy por hecho, estamos a punto de emprender.

—Vamos a Michoacán, a San José Puruán, un pueblo perdido en la sierra, allá por Aguililla —dice Juan Martín, quien se conserva bien, la talacha de la diaria reporteada, el trabajo de la cámara requiere una obligada dosis de esfuerzo físico.

Me cuenta lo que sabe, lo que Silva, el jefe de información le dijo. El pueblo fue tomado por un comando, horas de terror, un saldo de varios muertos, algunos decapitados.

—Revisé el mapa de carreteras —dice Juan—; nos vamos por la autopista hasta Morelia y luego seguimos para Uruapan. Si nos vamos a buen paso, estaremos por allá en seis, quizá ocho horas, mañana temprano.

Llamo a Neto, el editor de *Semana*. Lo esperado, me tilda de estrella de la tele, con sarcasmo. Luego viene su solidaridad de siempre.

—Lo que necesites, hermano… si vas para allá ten cuidado, en cuanto puedas manda algo de información, puedo esperarte hasta el viernes por la tarde para el cierre de la revista.

En el camino hablamos de mil cosas, el tema recurrente es el de las mujeres, las mujeres de un par de solitarios. Paramos un par de veces a comprar café y sándwiches para seguir adelante. Duermo un rato, vencido por el cansancio, con las canciones de Joaquín Sabina como música de fondo de sueños carreteros.

Después manejo. La carretera luce desierta, interminables rectas, subidas y bajadas extensas, una autopista en buenas condiciones donde puedes acelerar. Mi amigo ronca, siempre he envidiado esa facilidad suya para, como decimos entre nosotros, "irse a negros", lo que significa, además de un percance en la transmisión televisiva, con el resultado de la pantalla en negro, un súbito y profundo sueño.

Por momentos me parece que no ha pasado el tiempo, es como si ayer mismo hubiéramos viajado juntos tras una historia. Alguna vez en busca de la ruta de los migrantes en Sásabe, Sonora, nos perdimos en las brechas del desierto. Viajamos toda la noche hasta que encontramos la salida a una carretera. Corrimos peligro perdidos en las rutas del narco y los indocumentados, rutas controladas por personajes a quienes no les hubiera gustado descubrir una cámara al abrir la cajuela del auto en el que viajábamos.

Al amanecer estamos ya cerca de San José Puruán, viajamos en una brecha donde resulta una proeza avanzar entre el lodo y los charcos. En cualquier momento el auto puede quedar atascado. Martín conduce bien, no es la primera que vez que compartimos la odisea de un viaje por una brecha en las montañas en tiempos de lluvias. Cruzamos caídas de agua, arroyos formados en los últimos días. El viaje se prolonga más de lo esperado.

—Al infierno se tiene que llegar por un camino como éste —dice.

—Pues allá nos esperan.

XXXVIII

ERA CIERTO. San José Puruán, más que un pueblo, es un caserío situado en un pequeño valle rodeado de montañas. La interminable brecha llega a su fin justo frente a la tienda de abarrotes y el centro de salud. Las puertas y ventanas de las modestas casas están cerradas, todavía se percibe una fuerte tensión en el ambiente. Pasamos frente a una iglesia, que me sorprende por su apariencia, pues resulta ajena al lugar. Esta iglesia pudo ser construida hace mucho tiempo, luce un adusto frente de piedra con una cruz en lo alto. Avanzamos hasta toparnos con el horror.

—El diablo pasó por aquí —dice Martín, cuando miramos una hilera de seis, siete cuerpos tendidos. Un grupo de peritos recorre la escena del crimen en busca de alguna evidencia.

Bajamos del auto. Martín prepara la cámara deprisa, nos acercamos al lugar. Los cuerpos visten con modestia, tres de ellos llevan botas y los otros guaraches, pantalones de mezclilla, camisas a cuadros, una camiseta obsequiada hace años por el candidato del PRI al gobierno del estado de Michoacán, donde sonríe con la falsedad de todos los candidatos en campaña. Al principio parece un error, tal vez una broma de pésimo gusto, un extraño truco, pero los cuerpos carecen de cabeza, se las cortaron de tajo. La sangre se expande de manera brutal, confundida entre los charcos y el lodo.

—Ya encontramos las cabezas —dice solícito un joven con aspecto de esmerado estudiante de medicina, gruesos lentes, albeante bata y pelo engominado.

Martín se atreve a preguntar:

—¿Dónde están?

No es momento para preguntarnos hasta dónde puede llegar el periodismo, cuál es el límite ético, así que filmamos las cabezas: las colgaron de un mecate amarrado en los árboles en la pequeña plaza de San José. Los rostros descompuestos, macilentos, lucen como extrañas máscaras de la muerte. Esta noche me va a ser difícil conciliar el sueño.

Nadie sale de sus casas, todos los comercios están cerrados, lo mismo que la comisaría ejidal. Las tres calles del pueblo están desiertas. La gente de la Procuraduría de Justicia del estado de Michoacán no quiere decir nada. Tengo la impresión de que nos han dejado filmar los cuerpos mutilados y las cabezas colgantes, como reconocimiento por atrevernos a llegar hasta aquí, un premio a los vencedores de las terribles brechas inundadas de lodo, quizá los únicos periodistas dispuestos a venir al culo del mundo.

Juan Martín palidece, no puede más, después de grabar las cabezas con tomas desde distintas perspectivas, de seguro crueles acercamientos, termina por vomitar. Bilis amarilla, venida del miedo, el dolor, la repugnancia. Me acerco con el ánimo de ayudarlo. En cuanto termina, dice:

—Son unos cabrones. ¡Cómo pudieron hacerlo!

Nadie responde cuando tocamos las puertas de las modestas viviendas, ni cuando tratamos de asomarnos por sus ventanas cerradas. Martín emplaza la cámara para hacer una toma abierta de los cuerpos tendidos. Estamos por marcharnos, cuando de camino al auto pasamos frente a la vieja iglesia, con manchas de musgo en su fachada de piedra, efecto de la constante humedad y el frío de esta zona boscosa. Camino por el atrio, a los lados descubro hileras de tumbas, viejas tumbas donde apenas distingo vestigios de fechas y nombres. El portón de la iglesia está cerrado, un par de ángeles de piedra desde lo alto del pórtico custodian el lugar. Al lado de la iglesia miro una casa tan modesta como las demás del pueblo, con la diferencia que frente a ella alguien cultiva un jardín donde, entre coloridas flores, destacan las rosas, enormes, de un imponente rojo.

Llegamos justo frente a la casa, Martín aprovecha para hacer una toma de la iglesia. Golpeo la puerta, pero nadie responde, vuelvo a llamar. Con paciencia, espero a que mi amigo termine de filmar. Nos espera un viaje de varias horas, la jornada de hoy incluirá una visita a la Procuraduría de Justicia del estado de Michoacán en Morelia, el armado de nuestra nota y su obligado envío antes de las ocho de la noche para que se pueda incluir en el noticiario estelar del canal. Todo eso por un triste salario mensual, en el que va incluido el pago por las imágenes exclusivas del terrorismo urdido por el guerrero del Apocalipsis.

Llegan más vehículos, ambulancias, patrullas, un par de camiones militares. Debieron viajar en convoy por razones de seguridad. Antes de irnos, vuelvo a llamar a la puerta. De seguro quien corre el cerrojo nos miraba desde alguna ventana y por fin decidió abrir. Es un hombre delgado, moreno. Dice "buenos días" de un modo frío, cortante.

Explico que venimos de Telenoticias, le pregunto sobre lo que pasó.

—¡Cómo llamar a esto! —dice indignado, el dolor le quiebra la voz—. ¡Es una canallada! Lo peor es que hubo advertencias, la gente me decía lo que podía pasar, pero nadie trató de evitarlo.

Hay algo en la mirada de este hombre que no alcanzo a interpretar, quizá la dulzura de los viejos que por fin encuentran cierta paz al final del camino andado, pero resulta que, cuando mucho, debe andar por los treinta años.

—¿Usted es sacerdote? —pregunto.

—Franciscano, vivo aquí desde hace dos años.

—Nos interesa saber lo que pasó, cómo fue posible esta matanza.

—No puedo decirle quiénes fueron… no por temor, cualquier día pueden tomar mi vida, se trata más bien de que tengo todavía mucho qué hacer por aquí. Ustedes ya deben saber que tomaron el pueblo, llegaron por lo menos treinta hombres armados en varias camionetas, vestidos de negro, un comando.

—¿Por qué los mataron, por qué les cortaron a todos la cabeza?

El hombre se toma su tiempo para responder a la pregunta de Martín. Suspira antes de intentar una respuesta.

—Podemos decir que por negocio. De eso se trata, sólo del negocio. Aquí la gente es muy independiente, prefieren vender lo que cosechan al mejor postor y no trabajar para alguien más.

—¿Qué cosechan? —a Martín le gusta hacer ese tipo de preguntas, preguntas que parecen ingenuas, de alguien que está aquí por mero accidente, de alguien que mañana o pasado hará la cámara mientras algún afortunado reportero entrevista a la sexy protagonista de una telenovela o tal vez cubrirá una rutinaria conferencia de prensa.

—Nada que no se pueda vender muy bien —responde sin comprometerse el hombre que lleva una enorme cruz de madera sobre el pecho y usa lentes. La barba rala, la camisa y el pantalón de mezclilla le dan un aire intelectual.

—En esta zona se cultiva mariguana y amapola —digo—. Según las autoridades, distintas organizaciones se disputan el control del negocio.

—Sí, pero no es sólo eso… puede decirse que estoy encargado de esta iglesia y hago lo que puedo con la gente. Después de mucho trabajo me han aceptado. Les voy a decir lo que hay detrás de esos muertos, de su salvaje asesinato. Lo que está detrás de estos crímenes es el mal, el verdadero mal.

Llegan más soldados, bajan de un camión militar, parecen dispuestos a entrar en acción, a librar una batalla ahora mismo. Son tropas de elite armadas con rifles de asalto y metralletas. El cura los mira con tristeza, con hartazgo.

—Más armas, más muerte… —dice en un murmullo. Se le ve desesperado, aprieta los puños, inclina la cabeza. El Cristo del que habla debe sufrir mucho por estos lugares—. Para decirlo de otra manera: tras el horroroso espectáculo de los decapitados, que ustedes van a transmitir por televisión, se erigen el dinero y el cinismo. Nada importa más que el negocio y todo, hasta la vida, tiene precio.

A espaldas del cura miro el jardín al que debe dedicar varias horas de trabajo al día. El hombre luce derrotado, aprieta los puños con impotencia, levanta la cabeza hacia un cielo lleno de nubarrones donde debe dudar en alguna parte está Dios, aunque se lo hayan contado de pequeño. A un lado está la antigua iglesia de piedra, en la que celebra misas y cada tarde debe rezar el rosario, está cansado de no poder hacer nada más para detener la silenciosa debacle que ha convertido a San José Puruán en un pueblo de muerte.

Como para confirmar lo que pienso, el cura repite:

—Más armas… más muerte. A mí sólo me queda el jardín y mis flores.

El cura dijo llamarse Manuel, no aceptó decir nada frente a la cámara. "Odio el espectáculo de la violencia" dijo antes de entrar a su casa con prisa, supongo que a buscar lo necesario para trabajar en su jardín y seguir cultivando rosas enormes y rozagantes.

XXXIX

Enviamos la nota sin problemas. Juan Martín se modernizó. Además de la cámara, trae consigo una *lap top* con equipo de edición incluido. Grabamos la voz, elegimos las imágenes y pasadas las seis de la tarde enviamos todo desde el cuarto 17 del Hotel Virreyes.

En San José nadie quiso hablar con nosotros, viajamos a Morelia y antes de la una de la tarde ayudé a Martín a tender los cables necesarios para montar la cámara antes de una previsible conferencia de prensa. Nada importante, el procurador y la versión oficial de los hechos, leída de manera apresurada. José Luis Valle, hace tres meses, logró salvar la vida en un atentado donde la camioneta en que viajaba resistió un brutal ataque. En el lugar de la emboscada fueron encontrados cientos de cartuchos percutidos por rifles AK-47 y metralletas, armas usadas por una docena de sicarios.

"Los lamentables hechos de San José Puruán tienen como contexto la violencia sufrida en el estado por los enfrentamientos entre grupos rivales del crimen organizado. Nuestro deber es hacer cumplir la ley y así lo hemos hecho. Lamentablemente las acciones emprendidas en coordinación con las fuerzas estatales, municipales y federales, ha llevado a estos grupos a la comisión de delitos como el que hoy nos ocupa.

"Los hechos ocurrieron ayer por la tarde. De acuerdo con los testimonios recabados entre los habitantes del poblado, hombres armados llegaron al poblado de San José Puruán, preguntaron por algunas personas, con lujo de violencia las sacaron de sus domicilios y cometieron estos abominables crímenes.

"Por tratarse de un hecho relacionado con el crimen organizado, las investigaciones subsiguientes estarán a cargo de la Procuraduría General de la República, institución que contará con el apoyo de la Procuraduría General de Justicia de Michoacán en todo momento".

Eso fue todo. Nada sobre posibles líneas de investigación, menos sobre a qué grupo podría pertenecer el comando armado que irrumpió en San José para asesinar a siete de sus habitantes y luego decapitarlos. En el boletín de prensa ni siquiera se menciona que el pueblo fue tomado por un comando, todo se reduce a insistir en que la escalada de violencia que sufre el estado y buena parte del país es resultado de los enfrentamientos entre distintos grupos del crimen organizado a los que ni siquiera se señala. Se matan entre ellos. La línea a seguir es que la lucha contra el narcotráfico continúa a pesar de los muertos, de las decenas de miles de caídos, de todos esos crímenes que permanecen impunes.

Después de enviar la nota, comimos cualquier cosa y volvimos al hotel, me sentí cansado. Podía dormir un par de horas antes de entrar en vivo al noticiario, un enlace para el que Telenoticias tenía contratados distintos convenios. Transmitimos desde las oficinas de la Procuraduría de Justicia del estado.

Mi reporte de última hora sobre la masacre de San José fue una pálida réplica del pobre boletín de prensa. El mejor momento del enlace fue cuando hice un par de preguntas incómodas: ¿Cuántos comandos armados como el que tomó por asalto San José actuarán hoy en el país, comandos que sin duda son parte de grupos paramilitares?... ¿Este crimen, como las ejecuciones donde han muerto miles de personas, también quedará impune con la justificación de que es un hecho relacionado con las violentas pugnas de distintos grupos del crimen organizado?

Terminamos el enlace, miré a Magali en el monitor, comenté con ella la nota, pero todo me pareció falso, más allá de la representación obligada, del show televisivo, entre nosotros se levanta un montón de cenizas.

Llegamos al hotel, apenas tenemos ánimos para cenar, por mi parte un bistec con papas y una cocacola. Martín una ensalada y un vaso de agua. Dejo atrás los malos hábitos y no sólo los alimenticios. Cero alcohol y cero porquerías, me dijo cuando nos encontramos aquella vez en la marcha en la avenida Reforma de la ciudad de México. La noticia me alegró, las adicciones te carcomen, te dejan enfermo y endeudado. Los aditivos para la vida resultan cada vez más caros.

Cuando de veras estás cansado cuesta mucho dormir. Miré la televisión, tiempo perdido en el tedioso *zapping*. Al pagar la luz recuerdo al Vampiro López, la pesadilla de moda en mis insomnios. "Tengo una bala para ti."

Supongo que logré dormir un rato, había apagado el teléfono portátil. Escucho alarmado los golpes en la puerta de mi habitación.

—Rodrigo, Rodrigo... —reconozco la voz de Juan Martín, de pronto me cuesta recordar dónde estoy, llevo un par de semanas durmiendo en hoteles de distintos lugares. ¿Qué hace Juan Martín aquí donde quiera que yo esté?

—Rodrigo, despierta… tenemos que irnos, una emboscada a las afueras de Zitácuaro… acaban de llamarme del canal.

De vuelta a la realidad. Me levanto, abro la puerta, le digo a mi amigo que me dé un par de minutos. No hay tiempo ni para ducharse, me visto de manera apresurada, subimos al auto. La adrenalina de ir tras la nota nos lleva pronto a la carretera, en unos cuantos minutos cruzamos la desierta ciudad de Morelia. Viajamos un rato en silencio, hasta que nos detenemos a cargar gasolina. Es tiempo para el primer café de un largo día.

Llegamos al lugar antes del amanecer, no hay acceso, el Ejército cerró la carretera, quién sabe cuánto tiempo habrá que esperar para la información. Martín toma la cámara y emprende camino por el sendero que cruza un sembradío de verde alfalfa. Busca un lugar para tratar de grabar algo, un lugar alto, que parece imposible encontrar en esta llanura. Hace frío, la plomiza luz del sol oculto por densas nubes dilata el amanecer. Caminamos en la penumbra hasta llegar a un árbol. Resulta que este par de veteranos son más audaces que los jóvenes, allá lejos algunos colegas se resguardan del frío dentro de sus autos, tratan de dormir un rato hasta que haya información, a cuenta gotas, matizada por la versión de la realidad ajustada a la visión con la que desde el Poder se miran los hechos de esta guerra. Una versión pasteurizada, donde la palabra *narcoterrorismo* resulta exorcizada.

Subido en un árbol, Juan Martín graba lo que puede.

—No se ve demasiado, pero con el *zoom* alcanzo a distinguir los cuerpos tendidos… hay además dos vehículos,

los camiones en los que viajaban los policías emboscados. Hay más de una docena de muertos, no veo ningún herido. Es el escenario de una batalla, carnal.

No soporto el frío, sólo llevo la chaqueta de cuero y una camiseta, los dientes me castañean, espero a que mi amigo el cámara termine pronto. Nadie sabe lo que puede ocurrir, quizá ésta sea la única información de la que podamos disponer más allá de las imágenes distribuidas para los medios desde cualquier instancia oficial. Imágenes de las que hay que desconfiar, siempre limitadas a una versión de los hechos cómoda, útil. Imágenes descafeinadas, una versión tergiversada de lo que en verdad pudo ocurrir en este ataque a la Policía Federal en la carretera Zitácuaro-Morelia, donde al final del día nos recetarán otro escueto boletín de prensa, de puro trámite, al que se puede usar sólo para preguntar sobre lo que calla, como lo hice sólo hace unas horas cuando informaba de otro ataque del narco.

Por fin. Martín me pide que lo ayude con la cámara mientras baja del árbol con dificultad. Al viento frío se suma una tenue llovizna. Sin decir nada, caminamos rumbo al auto, la gasolinería más cercana, con tienda y servicio de café está a más de 20 kilómetros, así que no queda más que esperar en el auto por la información prometida.

La calefacción nos sienta bien, tomo el primer turno de vigilancia, Juan Martín se recuesta en la parte trasera. La espera será de muchas horas, si tenemos suerte al medio día tendremos noticias. Después de aburrirme de los noticiarios de la mañana busco algún CD, me encuentro con el disco de Joaquín Sabina que escuchamos al emprender este viaje a la zona de guerra. Me gustan esas canciones, ilustran bien mis días y amores, pero mejor aún mis noches y desamores. Rolas para cantar al borde del precipicio, antes de gritar fuego o dar el portazo para no volver más.

Pronto mi amigo empieza a roncar, me pesan las horas de viaje y tantas carreteras, el kilometraje que traigo encima desde que, no sé hace cuántos días, viajé a Hermosillo para encontrarme en un motel carretero con el guerrero del Apocalipsis. Supongo que hay historias que no terminan, que se quedan suspendidas en alguna parte, no quiero pensar que esperan por mí el teléfono con la siguiente llamada y aquella arma niquelada, de negras cachas, con algo femenino en su mortal presencia.

Me gusta decir que reportero sin suerte no es reportero, miro de lejos a… espero recordar el nombre, el comandante Jerónimo Azuara. En una fría mañana como éstas nos conocimos en un operativo en la frontera Sonora-Arizona, con el propósito de golpear el tráfico de indocumentados, con un incierto saldo de detenidos, donde la corrupción, los nexos entre criminales y corporaciones policiales de todos los niveles impidieron llegar más lejos. La estructura criminal debe seguir operando, las mafias persisten con el negocio, sólo que ahora las tarifas para los inmigrantes indocumentados subieron, lo mismo que los riesgos de camino a los cruces fronterizos.

Sin pensarlo demasiado, bajo del auto y corro tras el personaje, va de civil, una camisa a cuadros y pantalón de mezclilla. Lo acompaña una discreta escolta de dos subordinados. Camina hacia donde los soldados mantienen el control del lugar, donde han colocado un jeep para impedir el acceso al lugar en que fue emboscado un grupo de Policías Federales. Guardo una prudente distancia para mirar, con el riesgo de perder la oportunidad de encontrarme con Azuara.

Lo veo hablar con los soldados, supongo que insiste en que quiere pasar. Se molesta, el asunto sube de tono, da media vuelta y camina hacia donde me encuentro. No me queda de otra más que saludarlo, espero que me recuerde, es el jefe del mayor Archundia, a quien asesinaron hace algunos días. Una muerte que literalmente se me apareció una mañana en el periódico.

—Buenos días, ¿cómo está?

El tipo me mira como si fuera un estorbo, sigue de frente sin decir una palabra.

Antes de que sus guardaespaldas intervengan para alejarme, insisto:

—Fui amigo del mayor Archundia, nos conocimos en Sonora, un operativo en la frontera. Soy periodista.

Azuara se detiene, se vuelve para mirarme, de alguna parte de su cerebro recupera el rostro del reportero infiltrado en las fuerzas de la Policía Federal en aquel operativo.

—Cómo no, usted se apellida Angulo, trabaja para la revista *Semana*.

De golpe recuerdo el reportaje publicado, el primer título que elegí fue "Un viaje a las entrañas de la corrupción", luego lo maticé un poco, pero el contenido siguió siendo el mismo.

—Qué le puedo decir, lo platicamos con Archundia, su trabajo fue aceptable, un poco injusto, pero en fin… ¿supo lo de su muerte?

Azuara no debe tener una formación militar, no conozco su historia, pero lo imagino incrustado como un alto mando en la Policía Federal más bien por razones políticas. Su aspecto es el de un empleado cualquiera, tal vez el gerente de un banco, quien hoy decidió prescindir de la corbata y el saco. No puedo imaginarlo enfundado en el uniforme de comandante de la Policía Federal.

—Sí, lo lamenté mucho… No sé si podría platicar con usted algunos minutos.

Azuara me mira sorprendido, tarda en responder. Recuerdo cuando el mayor Archundia me llamó al cuarto del motel que habían tomado como base de operaciones. Me presentó con el comandante, quien tenía preparado un informe sobre las capturas realizadas. Por lo menos se había desarticulado a dos peligrosas bandas de traficantes de migrantes indocumentados.

—Por qué no, pero todo, como dicen ustedes, será *off the record*.

Supongo que Martín seguía dormido en el auto cuando pasamos por ahí de camino a la imponente camioneta en la que el comandante Azuara tenía café caliente en un termo. A lado de la camioneta había cuatro patrullas desplegadas y un autobús. El destacamento de la Policía Federal esperaba órdenes, supongo que del Ejército. Lo cierto era que no había mucho que hacer, para esas horas el comando que había emboscado a los policías federales que viajaban en convoy de Zitácuaro a Morelia ya debía de estar muy lejos.

—Estoy indignado, mataron a mi gente y a mí me tratan con la punta del pie.

Puedo aprovechar el momento, después de todo Azuara sabe cuáles son las cartas con las que juego. Más allá de que se atreva a hablarme sobre los bajos salarios de la Policía Federal, de las difíciles condiciones de trabajo, de los pobres viáticos para sus hombres, tengo para él otras preguntas.

—Pienso que algunos de estos hechos están conectados. Se trata de sembrar el terror, de imponer el miedo... ¿qué información tienen ustedes?

El tipo me mira sorprendido, como si de pronto me hubiera llenado de lepra y la enfermedad fuera contagiosa. Levanta las cejas, resopla, bebe café, estamos solos dentro de la camioneta, bajo una acogedora temperatura, a salvo del frío que todavía debe sentirse en esta nublada mañana. El comandante mide cada palabra de las que puede decir, calcula los efectos de elegir un montón de frases hechas, de seguir lo que puede llamarse la línea institucional de información o soltar alguna carnada para un periodista que puede convertirse en su aliado. Un periodista del que en algún momento de su carrera política puede echar mano.

—Hay algo de eso. Si usted ve los hechos en conjunto, la respuesta es evidente. Los ataques parecen concertados, golpes aquí y allá, elegidos para provocar miedo. Las granadas con dedicatoria a los candidatos presidenciales, los ejecutados de todos los días, esta emboscada, en fin...

—¿Quién puede estar detrás de todo esto? —voy a la carga.

—No lo sabemos, pero se trata de guerra psicológica. Es gente que sabe cómo causar daño —dice el comandante con aires de experto.

—Si le dijera que conocí a alguien, un sujeto que dice que organiza las fiestas de los narcos...

—Puede ser, no podemos negar que existe una estrategia detrás de estos hechos.

—El tipo dice que trabajó para la DEA, luego fue infiltrado en el Cartel de Tijuana y que ahora trabaja para el mejor postor.

—Puede ser un demente, un loco peligroso, tenga mucho cuidado.

El comandante bebe su café despacio, aunque mantiene el rostro impasible, algo delata que la charla no sólo lo incomoda, sino que lo ha puesto en alerta, tal vez la tensión con la que toma la taza o la forma en la que mira por la ventanilla de la camioneta hacia donde están sus hombres con el propósito de dar por terminado nuestro encuentro.

—También puede ser alguien con mucha información —digo, sin medir del todo mis palabras. Olvidándome de que en este país han desaparecido dos decenas de periodistas en los últimos dos años.

—Puede ser… —dice con fastidio Azuara.

—Lo peor es que este hombre me contó que ahora trabajaba para el gobierno. La violencia, los muertos, estos y otros eventos realizados con el propósito de mantener un estado de guerra para mantener el control del gobierno y ahuyentar el reclamo social.

—Una perversión… su amigo es un demente, tenga cuidado porque lo puede meter en problemas.

El comandante Azuara mira con impaciencia su reloj, de seguro la reunión no resultó como la esperaba.

—¿Ustedes tienen información de personajes actuando de esa manera?

—Mire, amigo —dice mirándome de frente con el propósito de imponer su autoridad. Parece decirme que sólo un hombre poderoso puede mirar así—, ese es un asunto muy delicado, mejor olvídese de esas ideas, se lo digo por su bien.

Lo mejor es levantarse, decir adiós.

—Hasta la próxima, comandante.

ESA MISMA NOCHE volvimos a México, estaba demasiado cansado como para recordar al Vampiro. Dormí hasta tarde y en cuanto pude llamé a Ana. Por fin nos encontramos, parecía que habían pasado siglos desde nuestro viaje a Puerto Vallarta. Dos desconocidos que desayunan en un restaurancito del rumbo de la Condesa, para quienes resulta difícil encontrar de qué hablar. Hay amores que se conservan en estado de putrefacción por años, como me ocurre con Magali, y hay otros que se congelan con el último abrazo, la última llamada. En esos casos lo mejor es decir adiós y guardar, para cuando haga falta, los buenos recuerdos.

Nos despedimos con un beso en la mejilla, dos personas distantes, ajenas. Por un momento pensé en seguirla, correr tras ella. Era inútil, la vi caminar hasta que la perdí de vista y luego tomé la dirección contraria.

Apenas tenía tiempo para escribir el par de notas para *Semana*, un par de crónicas del horror en el frente de guerra. Fui a casa con la esperanza de que nadie llamara de Telenoticias, mi nuevo empleo, un empleo necesario para mantenerme a flote hasta el siguiente pago de *Semana*, un pago pospuesto desde hace tres meses. La revista estaba en la ruina.

Me senté frente a la computadora y tundí el teclado, hacia las siete de la noche tenía la primera versión de los dos textos que necesitaba.

Después de preparar cualquier cosa para comer, llamo a la Monse. Tengo suerte, acaba de terminar un ensayo.

—¿Dónde te metes, papá? Me tenías preocupada.

—Ya sabes cómo es el oficio… No sé si ya te lo dijo Magali, pero regresé a Telenoticias.

—No es una buena idea, pero supongo que necesitas algo seguro, ¿cómo va la revista?

—No muy bien, con problemas, pero algo vamos a hacer… por lo pronto estoy más tranquilo. ¿Cómo va el espectáculo de Shakespeare?

—Muy bien, es una verdadera locura.

Cuando la Monse y yo podemos hablar algo sucede, nos conectamos, andamos en la misma frecuencia. Me hace sentir bien.

—Ojalá que tengas tiempo para que comamos juntos la próxima semana —en cuanto le propongo a Monse reunirnos, la imagen del arma niquelada escondida bajo la cama me asalta —mira, tengo que colgar, tengo una llamada de Telenoticias, te llamo más tarde —digo apurado.

No puedo aplazarlo más, busco el arma y enciendo el teléfono portátil. No hay llamadas, sólo un mensaje de texto que no me sorprende leer, el que supongo estará también en mi correo electrónico: "Tengo una bala para ti".

Necesitaba información, saber más del tipo que me amenazaba, hasta ahora podía poner sobre la mesa la historia que me había contado a retazos, la historia de un pandillero infiltrado en el Cartel de Tijuana por la DEA. Un personaje ligado a la formación de uno de los primeros grupos paramilitares al servicio del narcotráfico.

Ahora operaba desde la sombra, al parecer para el mejor postor, incluidos los personajes que medran desde los sótanos del poder en las estructuras políticas del estado mexicano. El comandante Azuara se había puesto nervioso cuando le conté la historia del tipo a quien llamo el Vampiro. Necesito saber más.

En uno de los cajones del escritorio donde trabajo, un escritorio rescatado del mercado de la Lagunilla, donde lo encontré convertido en una ruina, hay un cajón en el que acumulo tarjetas de presentación. Busco la de Will Cooper, quien oficialmente trabaja en el área de prensa de la Embajada de Estados Unidos. Cooper es un extraño personaje, con ligas y contactos nada recomendables. Sospecho que se trata de alguien cuyas responsabilidades van más allá de organizar conferencias de prensa y enviar boletines a las redacciones de los periódicos sobre las actividades del embajador. Cuando nos reunimos intercambiamos información. Cooper es bajo de estatura, fuerte como un tronco, de rubio cabello cortado a cepillo y brillantes ojos azules. Alguna vez se reconoció como un ex marine y brindó por sus amigos caídos en la Guerra del Golfo.

Por fin encuentro su tarjeta, al reverso anoto el número de su teléfono portátil que, me dijo, jamás apaga. Responde un mensaje donde con su voz de barítono pide que dejes un número al que pueda llamar.

Cinco minutos después del otro lado de la línea escucho un formal saludo. A ninguno de los dos nos conviene que alguien sospeche que de vez en cuando nos reunimos para intercambiar información.

—Necesito el boletín de prensa que usted envió el día de ayer. Una información sobre jóvenes becarios en

Chicago —digo convencido de que si a alguien le interesa escucharnos, va a ser difícil que crea el pretexto que me saco de la manga.

—Se lo envío en un par de horas, sin falta. ¿Okey?

—Okey —respondo.

Tenemos una cita. Nos reuniremos en un par de horas en el lugar de costumbre, un sitio donde nos parece imposible puedan encontrarse un funcionario de la Embajada de los Estados Unidos en la ciudad de México y un reportero.

Llego al bar Victoria de la calle Independencia con tiempo de sobra para buscar una mesa apartada y beber una cerveza mientras Cooper realiza todas las actividades necesarias para cerciorarse de que nadie lo sigue y a mí nadie me vigila. El Victoria es un pequeño bar situado en un sótano, al que hay que bajar por una escalera colocada a la altura de la acera. Un antro de mala muerte, atendido por meseras tristes, con exceso de peso y penas. Con sonrisas que dan lástima y aires de rancia belleza. Un lugar donde reina la penumbra a cualquier hora del día o de la noche, donde todos los gatos son pardos y los gatos conectan droga, o son modestos delincuentes del rumbo o parroquianos a quienes el precio de las copas reúne a pesar del fuerte olor a humedad. El mobiliario del Victoria parece sacado de una película de gángsters mexicanos filmada por Juan Orol en la década de los años cuarenta del siglo pasado.

Cooper aparece con ese rostro suyo de piedra, inexpresivo, de blanca piel acerada. Viste una chaqueta deportiva con las siglas de la UCLA y pantalón de gabardina color caqui. Para sentarse elige un sitio desde donde puede vigilar la entrada del bar y todo su entorno. En cuanto una de las meseras se acerca a nuestra mesa, pedimos un par de cervezas.

—Voy a ser directo —digo—. ¿Qué sabes de un tipo que dice se dedica a organizar fiestas para el narco? Un infiltrado, con años de hacer lo que hace, convencido de que podrá convertirse pronto en testigo protegido.

Cooper se toma el mentón con la mano izquierda, parece un profesor que reflexiona ante un problema matemático de difícil solución. El asunto le inquieta. El hombre que trabaja encubierto como empleado de la oficina de prensa de la embajada de Estados Unidos se toma su tiempo antes de responder a mi pregunta.

—No sé mucho. Pero pude ser peligroso —dice en un murmullo apenas audible. En la rocola del lugar suena a todo volumen una canción de los Bukis. Uno de los clientes se ha puesto cariñoso con la mesara que lo atiende. Se besan apasionadamente en una de las mesas de este apartado rincón del bar.

—¿Es posible que aún esté operando?

—Sí.

La mesera, quien nos ha dicho se llama Doris, aparece con la falsa sonrisa de alguien que lleva ocho horas de un tedioso miércoles encima, donde apenas ha logrado reunir escasos cien pesos procedentes de las propinas dejadas por los clientes.

Tenemos poco tiempo. Conozco el juego, cuando hay algo importante, las respuestas a mis preguntas son siempre lacónicos monosílabos. Si por mi parte tengo algo que pueda interesar al tipo de enfrente, de manera discreta lo dejo sobre la mesa y él se lleva el sobre con la información.

—¿Es peligroso?

—Sí.

—¿Trabaja para ustedes?

—No.

—Dice que arma fiestas para el narco… ¿se le puede calificar de terrorismo?

—Sí.

Cooper se levanta, camina rumbo al baño. Lo sigo. Nos plantamos frente a un par de mingitorios y empezamos a orinar.

—Angulo, Rodrigo Angulo, escucha lo que te digo —dice con su voz de bajo, con ese acento matizado por los años que lleva trabajando en México y los que antes pasó en Colombia—: cuando la DEA hace un mal trabajo, se convierte en un escándalo internacional, todo mundo se entera, pero cuando opera bien nadie llega a enterarse. Nosotros no queremos tomar el riesgo de que un nuevo gobierno en México cambie de estrategia. Tenemos que mantener al enemigo más allá de nuestras fronteras.

Cooper se marcha sin despedirse, a mí sólo me queda regresar a la mesa del bar y beber mi cerveza despacio, escuchando la voz de José José en la rocola, mientras miro de soslayo cómo se acarician la mesera y el afortunado cliente que encontró la forma de mitigar su soledad en el generoso cuerpo de la mujer.

Han pasado un par de días. En *Semana*, la crisis de la revista parece condenarla a su cierre definitivo. El naufragio es inminente, el número de páginas se ha reducido hasta la miseria. Los colegas de la redacción están sumidos en el laberinto del empleo precario desde hace meses, a un paso del abismo de la desocupación. Hace algunos años viví algo similar en *Día a día*, un diario venido del cierre del que fuera el más prestigiado periódico del país, convertido en cooperativa, un peligro para las buenas conciencias del régimen. *Día a día* surgió con el embate de lo nuevo y por años se mantuvo a la vanguardia, periodismo crítico y creativo, pero sobran los traidores y el enemigo siempre acecha. La nueva cooperativa cedió a los embates del poder y surgió un grupo de nuevos "empresarios periodísticos", capaces de echar al caño el trabajo de sus ex compañeros. Tiempo después los restos del periódico fueron subastados al mejor postor. Lo vivido por los colegas a lo largo del desecamiento de su fuente de trabajo puede definirse como el negro anecdotario de la desesperación: vidas truncadas por la miserable condición de un empleo en agonía; malestares físicos que devienen en malignos cánceres; familias echadas por la borda; un viaje del desánimo a la *depre* para arribar al singular estado de los zombis hambrientos que pululan por la ciudad de México. Alguna vez voy a contar en una novela cómo era la vida en aquella redacción del periódico donde los últimos sobrevivientes vivían, escribían y hacían lo necesario para que todas las mañanas apareciera el diario. Un periódico cuya última mala noticia fue la de su cierre definitivo.

Me rehúso a pensar que *Semana* esté condenada a su desaparición. Lo que tengo que hacer es preparar la siguiente nota, la de la negra sombra del narco que se cierne sobre nosotros. Asesinados, desaparecidos, amenazados, los periodistas estamos en la mira. El temor es parte de la vida en aquellas regiones donde el narco impuso la ley de la corrupción y la violencia.

No me interesan los recuentos, las frías cifras, necesito contar una historia, darle rostro a la realidad que nos abruma y ha llevado a la autocensura a muchos colegas como una forma de preservar la seguridad de sus familias y sobrevivir en Nuevo Laredo, Ciudad Juárez, Culiacán, Tijuana o en muchas de las pequeñas ciudades de Guerrero o Michoacán, situadas en el frente de la guerra del narco.

Tengo dos opciones para el próximo reportaje de *Semana*, la de Carmen Trujillo, colega desaparecida en la ciudad de Apatzingán o la que me ha tocado vivir desde que encontré en mi correo electrónico un inquietante mensaje: "Tengo una bala para ti".

El arma niquelada, de cachas negras, y cierto aspecto femenino, aguarda escondida bajo la cama en la misma caja donde guardé el teléfono donde recibí aquellas llamadas que me llevaron a lo que se puede llamar los entretelones de las puestas en escena del horror del narco. Ahora estoy convertido en un instrumento, amenazado por ellos, condenado a cometer un crimen. Sé bien lo que puede pasarle a la Monse, a Magali o a la misma Ana, quien está metida en esta historia por un error.

Por fin me atrevo a abrir mi cuenta de correo electrónico. Encabezan la lista una serie de rutinarios mensajes que borro en automático. Me encuentro con un par firmado por *sombra@yahoo.com*. No hace falta abrirlos para saber lo que dicen: "Tengo una bala para ti".

Uno de los mensajes posteriores, fechado un día después, llama mi atención. Dice "Final feliz", lo firma "Un amigo". En cuanto lo abro se despliega frente a mí una fotografía. Miro árboles, a lo lejos una carretera, se trata de un pequeño jardín descuidado, el pasto crecido, hay por ahí un montón de basura. Reconozco el lugar, es el motel carretero El Descanso. La fotografía cobra en la pantalla de mi computadora el horror de una inesperada escena. Un par de cuerpos tendidos, el uno junto al otro, cerca de los juegos infantiles que recuerdo enmohecidos, en desuso, el columpio, el sube y baja.

Una foto más en el mensaje. Los rostros de los acribillados, Cande y el guerrero del Apocalipsis.

Otro archivo, que incluye un recorte de periódico *escaneado*: "Ejecución de narcos en motel de paso". La fecha del diario subrayada en rojo. Por lo menos un mes antes de la noche en que Cande me llevó al lugar donde conocí al tipo que decía se dedicaba a organizar fiestas para el narco.

Conspiración, la hora de narcoterrorismo
de Víctor Ronquillo
se terminó de imprimir en febrero de 2011
en Programas Educativos, S.A. de C.V.
Calzada de Chabacano No. 65-A Col. Asturias
México D.F. C.p. 06850

·

Yeana González, coordinación editorial;
César Gutiérrez, edición;
Alejandro Albarrán, cuidado de la edición;
Sergi Rucabado, diseño de cubierta e interiores